U0619615

FLORET
READING

小花阅读

我们只写有爱的故事

青春阅读　　幸得相见

有爱的青春陪伴者

因为是你才喜欢

南风北至 NANFENG BEIZHI 著

上海故事会文化传媒有限公司
上海文化出版社

南风北至

| 小 花 阅 读 签 约 作 者 |

是妹子，是妹子，是妹子！重要的事情说三遍！

内心喜欢刺激冒险，但偏偏本尊是死宅的别扭星人。

别的小姑娘都是要命型，我是玩命型（傲娇脸）。

所以我会玩命地写更多的故事，把岁月里遇到的所有美好都给你们。

已上市：《嫁给小爱情》《浓雾里的我和你》

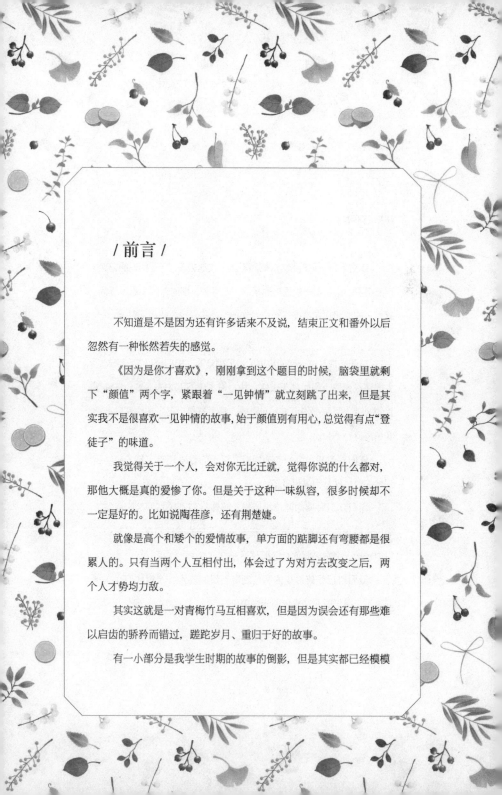

/ 前言 /

　　不知道是不是因为还有许多话来不及说，结束正文和番外以后忽然有一种怅然若失的感觉。

　　《因为是你才喜欢》，刚刚拿到这个题目的时候，脑袋里就剩下"颜值"两个字，紧跟着"一见钟情"就立刻跳了出来，但是其实我不是很喜欢一见钟情的故事，始于颜值别有用心，总觉得有点"登徒子"的味道。

　　我觉得关于一个人，会对你无比迁就，觉得你说的什么都对，那他大概是真的爱惨了你。但是关于这种一味纵容，很多时候却不一定是好的。比如说陶荏彦，还有荆楚婕。

　　就像是高个和矮个的爱情故事，单方面的踮脚还有弯腰都是很累人的。只有当两个人互相付出，体会过了为对方去改变之后，两个人才势均力敌。

　　其实这就是一对青梅竹马互相喜欢，但是因为误会还有那些难以启齿的骄矜而错过，蹉跎岁月、重归于好的故事。

　　有一小部分是我学生时期的故事的倒影，但是其实都已经模模糊糊记不清了。

　　还有不得不说的是，这期间不止一次地去看了《不能说的秘密》这部电影，比起第一次看的时候的一知半解，那时候很多看不懂的、解不开的谜团现在都能捋顺，对这个唯美的爱情故事爱不释手。

　　总的来说，这一次的故事还是挺顺畅的，中间也没怎么卡文，主要还是旁边小姐姐每天敲字太快，根本停不下来的速度，洗涤了我的灵魂。我每次停下来，看看她，然后觉得自己不加快速度敲字实在是良心不安。

　　依旧感谢耐心细心的胡姐姐，给予的鼓励还有支持。能够得到她的鼓励就觉得满足极了。

　　还有就是同桌的两位小姐姐，感谢你们不厌其烦地跟我聊青街，还有一些琐碎的小情节，在偶尔停下来的时候相视一笑都会觉得很轻松，突然之间就有继续写下去的动力。

　　最后是记忆碎片里的那些若隐若现的友人，希望你们现在平安喜乐、得偿所愿，且依旧赤诚善良。

南风北至

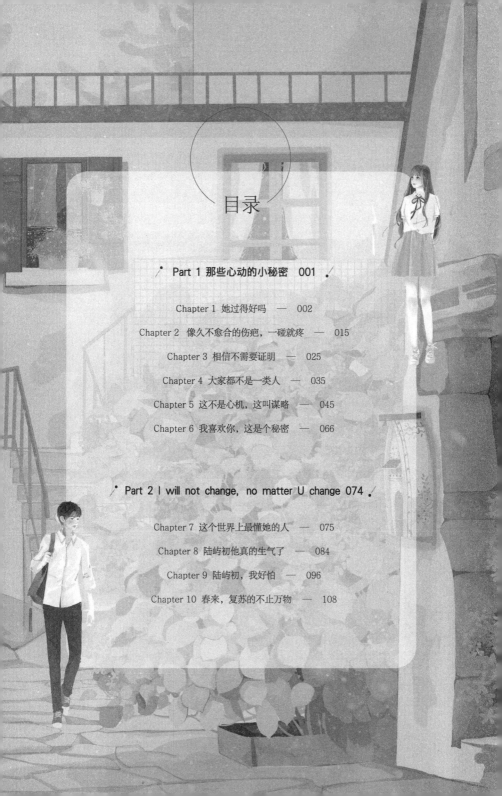

目录

目录

Part 1
那些心动的小秘密

Chapter 1   / 她过得好吗 /

夜色像泼墨一样，国际会展中心大楼里灯火通明，长长的阶梯上折射的惨败光芒就像是沙滩上层层推进的白色泡沫，伴随着人群的鱼贯而出被踩碎，鼎沸的喧嚣声撕开了沉寂的黑夜。

顾盼跟在人群后，刚从空调温度调得暖和适宜的内场出来，被骤然而来的冷风吹得一颤，拎起繁复晚礼服裙摆，八厘米的高跟鞋鞋跟"咔嗒咔嗒"地叩击在黑沉沉的大理石地面，脸上挂着得体的微笑，时不时点头附和身边男人的侃侃而谈以示自己对他口中的商业企划十分感兴趣的样子，下楼梯的时候礼貌小心地避开男人搀扶过来的手，描摹得精致的眉毛几不可察地蹙起带着点不由分说的抗拒感，闪着碎光的眼睛小幅度地四处打量着。

两人已经在台阶下，男人有些惋惜地结束了他的高谈阔论，向顾盼靠近询问："要不要我送你？"

"不用了，靳先生。"顾盼笑着拒绝，略拉开些距离，装作看不到男人的眼里露出失望的情绪接着道，"我已经约了朋友来接我，谢谢靳先生的好意。今晚真的很愉快，非常期待下次能够与贵公司合作。"

男人张张嘴还想说什么，却被一声清丽的呼唤打断。

"顾盼。"

顾盼闻声望去，不远处的路灯下停着一辆宝蓝色奥迪，骆淼左手撑着下巴懒懒搭在车窗上，右手扬起向这边轻轻挥了挥。

看顾盼不失礼貌地朝对面的男人作别，骆淼低头看了一眼左手拎着的照片。照片上是两个穿着白T恤的男生，右边的龇着一口大白牙笑得一脸傻气，胳膊大大咧咧地揽着左边模样清俊的少年，他笑得矜持，单边扬起的嘴角将少年的那些不羁全部显露无遗。

骆淼的指尖在右侧男生的脸颊上稍稍停住几秒，微翘的嘴角垮了垮弧度，顾盼这时候已经打开车门。

她灵活窜进来的样子完全没有刚才的冷漠，双手摩擦手臂道："嘶，好冷啊，外套呢？外套呢？"

骆淼神色自若地将照片放回刚刚一直把玩的男式皮夹，随手扔进置物箱，一边抬起下巴示意后座，一边关上车窗，车窗缓慢上升的间隙顾盼还冲那个还站在原地的男人微笑着点了点头以作告别。

"瞅你那装模作样的小样儿。"骆淼将暖气打开，嘲笑着将外套紧紧裹在此刻毫无形象可言的顾盼肩上。

"那是我们公司的合作商，唐叔叔让我来参加这次的珠宝展会，我能给他下脸子吗！"顾盼有些烦躁，没好气地说，"啊啊啊啊，冻死我了！"

　　骆淼打量着顾盼，看她神色认真不像是推脱之言，心里不住感叹，当初那个稍稍不满意就不管不顾翻脸的女孩终究也被岁月磨平了棱角。

　　她们在勒川成为高中同学，她们之间的情谊是靠高中时期为数不多的几次交流建立起来的，算不上好朋友，却离奇地在离开勒川的六年岁月里彼此保持联系，这次顾盼回勒川珠宝展也毫不犹豫地通知了骆淼。大概是因为顾盼身边，高中记忆里熟悉的脸孔只有骆淼，而骆淼又恰好游离在那场混乱事件之外吧。

　　这么想着，顾盼的眼眸黯淡，她努力控制着自己不要去回忆那场混乱，抖着指尖将脖子上的项链和耳垂上的吊坠取下来妥帖地装进锦盒，这是他们公司近期推出的一款新品，想起临出发前同事将这套珠宝交给她时谨慎的样子，使得顾盼每每看到这套珠宝心里都有些惴惴，用当时同事的话说，她是将华中地区一线城市一套八九十平方米精装修房戴在身上！

　　"这是去哪儿？"这好像不是回骆淼家的路。

　　"有个VIP客户的钱包落在我们健身房，我给他送过去。"

　　正在转弯，骆淼借着注意力全在后视镜的空当不咸不淡地说。

　　顾盼直觉她这话有什么不对的地方，但是也没有深究，直到她们在一家酒吧门口停下来。

　　骆淼踩着一双十厘米的高跟鞋进入酒吧，顾盼困惑地偏头靠着窗玻璃目送那窈窕背影远去。

　　刚到衡棉的时候已近凌晨，是骆淼来机场接的她，若不是接机闸口寥寥无几的几个人里，只有她一脸笑意地遥遥冲自己打招呼，顾盼都险些没认出来。

　　——骆淼实在是变化太大了。

　　在浅浅拥抱寒暄后，顾盼忍不住感叹："我就说你瘦下来一定很好看。"

　　骆淼在高中时是个胖子，身高一米六几，体重却在一百五六十斤，并且还在不断往上涨。她并不是天生肥胖，初中的时候因为长期服用激素类药物导致了向心性肥胖，这种吃激素胖的人比自然胖的人更难瘦下来，骆淼试过很多种方法，节食、催吐、吃减肥药，都无济于事。

　　"这世间的男人都是给瘦女人准备的，胖着活在这个世界上就是你最大的罪过！"骆淼说这话的时候，卷发飞扬，像是海面上掀起一场波涛，遮住她姣好的侧脸。

　　年少时曾因臃肿体形经历过的嘲讽轻谩，经过时间的冲刷，仿佛与面前这个面庞精致、纤瘦玲珑的女人毫无关联……

　　但顾盼不知怎的，透过此刻风情万种的骆淼，却依旧能窥见她心上住着的那个小心翼翼、怯懦而又胆小的胖女孩儿……

　　这样的认知，令她鼻酸。

　　其实，胖本无罪。

顾盼深深吸了口气，抛开自己的胡思乱想，低头却发现裙子的下摆一角被车门夹住，她打开车门拉扯裙摆的瞬间眼睁睁看着膝盖上装着珠宝的锦盒顺着打开的车门滑落下去。

九十平方米的精装修房！

顾盼仿若五雷轰顶，脑袋里一片空白，顿了一秒，慌忙手忙脚乱地跨下车。

酒吧内，靠近门口的巨大玻璃墙边设置了一排卡座，达霖晃动着酒杯中的暗红色液体，对身边频繁路过抛着媚眼的各色女人温柔地笑，随后懒洋洋地陷在沙发里，摇着头心里惋惜地叹气：这年头，养眼的女人越来越多，但是原装的越来越少了。

啜了一口酒，不经意瞥见酒吧外突然打开的车门，达霖咻地坐直身体打量着从车上急急下来的女人，虽然只是一个侧脸，但是他心潮莫名澎湃起来——哇！大美女啊！

他慌忙起身，迈开长腿火急火燎地向酒吧外走去。

这边吧台旁，骆淼只手撑在台面上，波浪卷的长发从肩膀上滑下来，她不在意地伸手往脑后一撩，露出一个轻佻的微笑。她面前的酒保感觉心跳瞬间漏掉了一拍，他在这样的场所上班许久，见识了形形色色的女人，美丽的不在少数，却都比不上眼前这一位，举手投足都是诱惑。

"你们老板呢？"她的眼神在酒吧里搜寻，最终落回酒保身上。

　　酒保愣愣地抬手指了指门口的卡座。骆淼来过这家酒吧许多次，早就将那个人的习惯位置摸透，但是现在那个位置上只有茶几上一杯喝了大半的酒。

　　"老板大概有事在忙，您有什么……"

　　"算了。"骆淼脸上的失落十分明显，达霖是什么性子她门儿清，大概是又看见什么美女了，于是打断酒保，将皮夹放在吧台上，"喏，这是你们老板的皮夹……"

　　顾盼蹲在车旁尽量矮下身小心地将手探向车底摸索，终于摸到锦盒一角，费力地将它拖出来，当她将锦盒抱在怀里的时候，终于安心地舒了口气。

　　这时，达霖已经站在顾盼的身后，他整了整衣襟，清了清嗓子道："这位美丽的小姐，我想你可能需要帮助。"

　　顾盼僵了一瞬，立刻用更快的动作站起身："不用。"说着就要打开车门。

　　然而达霖这样浪迹声色场所的老油条怎么会给她拒绝的机会："美女，你看这外面这么冷，要不去里面坐坐？"

　　顾盼的手还搭在车门上，冷冷地扫了眼这个比自己高许多的男人："松开。"

　　达霖在她看过来的那一瞬间，脑海中像是闪过一道细小的电弧，明明她只露出小半张侧脸，这种莫名的熟悉感是怎么回事？

　　可是就这一瞬，他就像被眼前这人的眼睛吸引了。她的肤色很白，一双眼睛像镶嵌进了一片黑色的夜空，星光闪烁，他瞧得有些痴迷，喃喃："你的眼睛真漂——卧槽！"

骆淼从酒吧里出来的时候首先就被这一句"卧槽"惊得顿住了脚步，前方她都熟悉的两个人此时大乱——平日里拾掇得人模人样的达霖仰面躺在地上，整个人就是一个大写的狼狈，右手臂还被半弓着腰站在他上方的顾盼紧紧抓在手里。

达霖在地上缓了一阵才感觉到从背部传来的巨大疼痛感，他甚至清晰地听到了自己的骨头与地面亲密接触的时候发出的沉闷撞击声，他皱着一张脸苦闷地想：为什么又是过肩摔！

记忆中有什么零碎的片段与现在的场景严丝合缝，就着这样一个尴尬的视角向上仰视，达霖犹如醍醐灌顶，他就说怎么总觉得在哪里见过这个人！

"顾盼！"

"是你？"

在达霖觉得这一幕非常熟悉的时候，顾盼也认出了他，眉头皱得简直可以夹死苍蝇，那眼神仿佛地上的他就是那只苍蝇，她毫不犹豫地甩开他，拉开车门利落地落锁将自己与外界隔绝。

达霖似乎是在一瞬间失去了痛觉，迅速从地上跳起来拍打车窗，试图与车里的顾盼对话："顾盼？你是顾盼对不对？"

顾盼充耳不闻，微微别过头。

骆淼踩着高跟鞋灵活上前拦下达霖："先生，请问您对我的车有什么意见吗？"

达霖的眼神在接触到骆淼的一瞬间本能地一亮，在心里喊了句"漂亮"，但是想起正事马上冷静下来，指着车里的顾盼急道："我和她认识，我想和她说两句话。"

"达先生，您搭讪的方式可一点都不高明。"骆淼讽刺地笑笑，快速将一张名片塞进达霖手中，走向驾驶座。

站在车外的达霖诡异地沉默着，在骆淼拉开车门的瞬间，他说："陆屿初一直在……"

后面的话随着车门的关闭，顾盼并没有听清楚。

回程的路上，两人都默契地保持沉默，顾盼一直在想达霖最后说的是什么，随后默默地掐灭心底因为达霖那句话而摇曳的星火。

她曾经听过这样一则故事：登山者掉下山崖后，腰上的绳子幸运地挂在了树枝上，登山者惊魂未定之下慌忙向上帝祷告，在他诚心祈祷的时候上帝出现了，上帝说：你如果真的相信我，就把你的绳子割断吧。

但登山者反而把绳子抓得更紧了。

山上的夜晚非常寒冷，这个登山者终于在恐惧和逐渐力竭之下死去。

其实那根树杈把他拦在了离地面仅仅只有一米的地方……

顾盼那时候不能理解，既然向上帝祷告，为什么上帝在告诉他出路的时候，他却又不相信？

现在她明白了，我们得到一个消息，做出一个选择，那种深陷其中的焦灼、挣扎感，旁人是不能体会的，因为痛的是自己，所以理智地怀疑一切，容易把自己封闭在当时的痛苦里难以走出……

越重要，就越踌躇。

她觉得，现在自己就是那个悬崖上的人。

而陆屿初就是那根绳子。

她心心念念，却不知道抓住以后，得到的是救赎还是没有尽头的深渊。

她不敢触碰，更不敢遐想。

诡异的沉默一直延续，骆淼承认今天晚上自己的确是带着顾盼过去碰运气的。达霖和陆屿初的关系，就像是系在同一根绳索上的两个铃铛，一个有动作另一个绝对不会无声无息，从学生时代开始两个人就是形影不离，这样的感情一直延续到现在，骆淼相信达霖但凡知道顾盼的踪迹，那么离陆屿初找过来就不远了。

但是所有的谋划在看到顾盼换了一身休闲装拎着大箱子出来的时候，即刻付诸东流。

"你……"骆淼犹豫地措辞。

顾盼抢白："骆淼，我要回去了，不好意思，本来打算在这边待几天和你好好叙旧……"她说得快且急，脚步不停，像是在刻意躲避。

"没关系。"骆淼轻轻说，堵住了她接下来所有表达事态紧急的解释。

"顾盼。"她的声音很轻，像夜间掀起的风，"我们不能一直躲藏逃避，这是过去你告诉我的，还记得吗？"

　　事实证明，劝告别人远比自己实际行动来得要轻松简单，不论在谁身上，这句话都适用。

　　机场登机口，陆屿初迈步走向桥箱，手机突然响起，他脚步不停瞥了一眼。

　　"我准备登机了，你最好有什么重要的事情。"

　　"陆屿初你千万不要上飞机！"达霖毫不掩饰他的兴奋，不等陆屿初出声嘲讽，赶紧说，"我看见顾盼了！"

　　陆屿初像是被按了暂停键，脚步生生顿住，挡住一众身后乘客，他声音低沉："你确定没看错？"

　　"绝对不会错！你还记得高一她给我的过肩摔吗？她又摔了我一次！哎哟，疼死我了！真不知道……"

　　陆屿初的手掌渐渐收紧，达霖在那边说了什么他已经不需要再听了，胸腔里碾碎过千万种情绪……

　　挂断电话，他在心里默默念着那个名字：顾盼……

　　心口一阵酸涩，他毫不犹豫地迈开长腿逆着人流跑了出去。

　　透过倒映着灯火繁华的落地窗，骆淼不知道自己在这儿站了多久，就那么看着远处川流不息的灯海越渐稀疏，直到门铃声响起。

　　她走到门边，透过猫眼一看，有些意外地顿了顿，这么快？

　　打开门，互相照面的瞬间，陆屿初诧异地眯了眯眼。

　　"好久不见。"骆淼轻松地冲陆屿初打招呼。

　　陆屿初默不吭声，一双黑漆漆的眼就直接扫视房间里。

倒是达霖大感诧异："你们认识？"

陆屿初没有理他，淡淡冲骆淼点了点头算作回应，问："她呢？"

"走了。"骆淼让开身子，走进屋里。"据说是最近的飞机，现在应该已经在半空上了吧……"她弯腰在茶几上翻找什么，"我也不知道她去了哪里，她走得很仓促，落下这个……"

骆淼将一封邀请函递向陆屿初，陆屿初匆匆翻开，这是今晚珠宝展会的邀请函。

珠宝展会？陆屿初心中升起一个不太好的猜测。

"没错，就是你想的那样，"骆淼知道陆屿初一直很聪明，只要稍稍给他一点提示，"听说她离开勒川的第二年就被她家找回去了。"

达霖困惑极了："但是唐棣华说……"

"亲爱的，你相信我，只有女人才能够分辨谁是绿茶婊。"骆淼打断他，吊着眼角向达霖抛了个媚眼。

达霖瞬间被撩得涨红了脸——这女人怕是有毒。

"她过得好吗？"陆屿初忽然问。

他说不出现在是什么感觉，过了这么久，他最关心的并不是顾盼的心里还有没有他，而是她在他看不见的地方过得好不好。

"看起来还不错，很漂亮，很有女人味……"差点都看不出来以前的样子，骆淼看着眼前这个认真无比的男人没有说出这句，心里却有些替好友抱不平，于是刻意强调道，"今天晚上还有一位成功男士在她面前刷好感，还有你的朋友——调戏了她。"

"这个我可以解释……"达霖尴尬极了，换来陆屿初淡淡一瞥，心里更加紧张。

"那就好，"他意味不明地一笑，退出房间，"今晚打扰了，如果有消息烦请你联系我。"

离开骆淼家，陆屿初被夜色包裹，他抬头仰望墨色穹宇，高高的墨黑的空中有红白色灯光交替闪烁。

——既然你逃得不够彻底，那么就等着被我找到吧。是你先招惹我的，休想这么轻易地把我抛弃。

夜色就像是一幅画映在玻璃上，骆淼的指尖慢慢轻触玻璃上光怪陆离的灯影。

"当初做错的事，现在到了偿还的时候了。顾盼，对不起。"她的头轻轻靠在玻璃窗上，低声呢喃，呵出来的气息在玻璃上形成一片白色的雾气，模糊了映在霓虹闪烁上她美丽的倒影。

顾盼坐在靠窗的位置，已经适应起飞后耳朵里的嗡鸣，身侧微弱的灯光吸引了她的注意。

坐在旁边的女生这时候正戴着耳机看电影，似乎是察觉到顾盼的目光，女生转过头来朝着顾盼不好意思地笑了笑。

这时手机屏幕上的电影没有停下来，顾盼看着桂纶镁饰演的女主角一脸委屈地问："我不在学校的时候你会不会喜欢别的女生？”

　　顾盼心里一跳，下意识地将视线挪向窗外。五光十色的城市已经随着飞机的升空越缩越小，窗外一片漆黑，她的眼睛里却盛满星光璀璨，像是一幕幕回忆绽放下擦出的火花。

　　她的故事，她与陆屿初的故事，在那片火花之下缓慢地流淌。

Chapter 2　/像久不愈合的伤疤，一碰就疼/

入秋的勒川，金色的阳光透过窗棂洒在顾盼微弓的背脊上，光打在她苍白的脖颈上，隐约能看到蓝紫色的细细的血管，短发凌乱地扑在脸庞上伴随着呼吸颤抖，挺翘的睫毛轻微扇动，原本安稳趴伏在桌面上的女孩儿皱眉收了收鼻翼，她抬起胳膊挡了挡刺眼的阳光，并将脸埋进去，缓了一缓慢慢抬起头，从睫毛虚实不清的缝隙里眯着眼望向窗外，教室在五楼，她的位置在靠窗的角落，视野很好，从这个角度可以看到操场上奔跑跳跃的人影。

"什么时候了？"她望着窗外发呆，无意识地问。

同桌是个男生，从她起来的那一瞬就注意到了，所以在顾盼发问的瞬间他立马诚惶诚恐地说："已经第二节课下课了。"

顾盼没有动作，没睡醒似的发着呆。

"……如果再重来会不会稍嫌狼狈，爱是不是不开口才珍贵……"

教室里不知道谁在放着歌，这首歌这两天一直在被单曲循环，大概是词曲里那种满溢的求而不得的感情触动了顾盼一向大条的神经，在第一次听的时候那种暴躁一直酝酿到现在化成了说不出的忧愁，她觉得心里闷得慌，轻轻地吐气叹出声来。

边上的男生立马惊到了，像是被威胁到的幼小生物警惕地收回视线，不再直视前方那个还在趴着的顾盼。

顾盼舒展一下僵硬的背脊，眯着眼望着眼前的玻璃窗。

"胶带。"简单的两个字里全是不容抗拒。

"啊？"男生浑身一颤，望了眼她伸过来的手，反应过来，立马低下头翻找，找到一小卷透明胶递过去，"给。"

顾盼从桌上码得高高的书册上抽下一本，毫不犹豫地撕下两张，没有理边上欲言又止的人，她知道自己不是好学生，所以这种事情，她做起来毫无压力。

她接过胶带，直接用嘴啃了几截贴在四个角上，站起身找着角度粘在窗玻璃上，满意地看着坐在自己前面的人脸上被遮住一片阴影。

顾盼就着这个角度打量他。陆屿初从小就长得很好看，在顾盼贫乏的词库里什么眉清目秀、明眸皓齿都不足以形容，每每看到他，她都会在心里感叹这世上怎么会有这么好看的人！

她高一刚认识荆楚婕时，荆楚婕在得知她有个暗恋许久的人时，就非常变态地老跟在她屁股后头，暗搓搓地在陆屿初班级外面探头探脑，溜达来溜达去，美其名曰替好友打探敌情，然后回到教室的时候就要文绉绉地感叹一句"珠玉在侧，觉我形秽"之后就语重心长地劝顾盼放弃。

陆屿初是那种会让站在他身边的人自惭形秽的人，顾盼不用别人提醒。

顾盼喜欢陆屿初，从刚明白这种朦胧的感情，到现在已经硬着头皮死缠烂打了好几年，几乎是尽人皆知，甚至原先的班主任在得知她要选择理科的时候，都语重心长地劝她："文理科是你人生重要的分水岭，你不能一时意气，选错了你将来后悔都没地儿哭！"哪怕是这样，顾盼都像一头不知道回头的牛一样，顶着压力梗着脖子反驳，不管不顾地选了更不擅长的理科。

她压根就没想过以后的事情，当她明白自己的感情的时候，更害怕的是将来有一天，不知道从那个犄角旮旯里半路杀出来一个小妖精把陆屿初勾走。

她表现得无比坦荡，就是喜欢陆屿初，就算他现在不喜欢她，她也认了，她赖都要赖在他身边！

就在顾盼还在心中美滋滋地觉得自己选理科以便和陆屿初那个班好近水楼台的时候，荆楚婕满脸焦灼地出现在教室后门，她火急火燎地冲到顾盼身边，手掌拍着顾盼同桌男生的后背："起开起开起开！"

男生望着霸占自己位置的荆楚婕，抱着作业本可怜兮兮地站在一边。

"你还在看他呢！"荆楚婕像个炮弹一样开火，"你知不知道现在外面传你传成什么样子了？"

顾盼望了眼依旧睡得安稳的陆屿初，凶巴巴地瞪她一眼："嘘！他在睡觉。"

荆楚婕受不了地翻了个白眼："得了吧，天塌下来都吵不醒他好吗！"

可不是！陆屿初一天到晚都跟睡神附身一样，荆楚婕就趁顾盼不在的时候闹腾过，陆屿初不管怎么闹都是趴在那儿不动如山，好几次荆楚婕都怀疑他压根是在装睡！

顾盼没打算继续和她讨论这个："你来找我干什么？"

荆楚婕是个急性子，听到顾盼问，注意力立马就被转移："就是这学期转来的那个徐霜，你和她到底有什么过节？她一直揪着你不放啊？你是杀她全家了还是怎么的？"

"她又说什么了？"顾盼一派了然于心的样子，好像现在被传得沸沸扬扬的不是她一样。

"啧，你能给个正常反应不？"荆楚婕最受不了顾盼那副老神在在的样子，"她现在可劲到处传播说你是杀人犯的女儿，还有你妈未婚先孕生的你，在你爸进监狱之后立马甩了他，还说你跟你爸一样天生流着罪恶的血，从小就不学无术偷窃打架斗殴，现在还是校园女老大什么的……"

荆楚婕倒豆子一样地转述着，压根没理还站在一边的男生越来越惊恐的表情。

"哦，这些啊。"顾盼懒洋洋地撑起下巴，手指一下一下敲在桌面，看似在思考什么，但是以荆楚婕对她的了解，这家伙的思维估计已经发散到外太空了！

"你到底怎么个意思啊？"荆楚婕有些急躁地挠头，又带着些莫名的兴奋，"我可告诉你啊，我已经叫了小八她们，咱们今天下午就把徐霜堵了，然后……嘿嘿嘿嘿……"

这时候，上课铃声响起，盖住了荆楚婕那猥琐的坏笑，她还没有走的意思，顾盼一眼看到同桌男生站在一边踌躇着不敢开口的样子。

"赶紧走吧，上课了。"顾盼推了荆楚婕一把。

"那说好了啊，下午我来找你！"

男生这时候才诚惶诚恐地坐下，老师皱着眉头但也没有追究，顾盼这一伙小团体在所有老师眼里是出了名的野性难驯，也就是坏学生的代表，反正说了她们也不会改，当然也就多一事不如少一事。

讲台上老师唾沫横飞地讲课，顾盼的注意力却因荆楚婕说的话飞回很久以前。

那时候还是小学，顾盼虽算不上品学兼优，但也勉力维持在班上的中游偏上，她朋友不多，却也乐得一个人清闲。

但她永远记得，随着那一天的到来，她平静的人生开始无风起浪。

那一天的天气很好，盛夏炙热天气里甚至起了一点清爽的微风，顾盼走进教室却像走进了审判台。看到她进来，就像是一滴水掉进滚烫的油锅，同学们的窃窃私语席卷而来：

"就是她啊！"

"啧啧，没想到她还是个三只手……"

"有什么样的爸妈就有什么样的小孩儿，我妈说要我离杀人犯的女儿远一点……"

在各式各样的声音里，在或鄙夷或憎恶或惊讶的目光中，顾盼站在那儿，感觉有无数虫子顺着后背慢慢往上爬，她并不知道发生了什么，但是这种身处焦点的感觉让她极度不适。

这种感觉，在很久之后都会化身为深夜难醒的梦魇，缠绕在顾盼每一夜的梦里。

顾盼突然有了一些不太好的预感。

坐在人群后的徐霜站起来，红着眼睛伸出瘦长的手指着她说："就是她！"

薄薄的校服贴在顾盼瘦削的背脊上，风一吹带起丝丝透骨凉意。

——发生了什么？

——就是我？我怎么了？

——他们为什么都这样看着我？

顾盼浑浑噩噩地被班主任张老师带到办公室，张老师的眼镜片折射着刺目的光，她说："顾盼，你把钢笔拿出来，这件事情就当作没有发生过。"

这时候顾盼脑子里只觉得有什么崩掉了，那些崩碎的东西化成了肮脏的齑粉汹涌地扑向她。

"顾盼，这件事情要查肯定能查出来，老师现在是给你一个改过自新的机会，你不要让老师难做，传出去对你的名声也不好……"

张老师的嘴开开合合，噙着泪的顾盼看着眼前模糊的一切，她的脑袋里炸响了刚才在班上听到的窃窃私语，乱糟糟地响成一片——

"我没有，我没有偷东西，我没有！"她的眼泪夺眶而出，捂着耳朵像是要阻止一切声响，她撕心裂肺地不断否认。

……

钢笔到最后都没有找出来，顾盼也死不承认自己偷了笔。张老师也没有做出什么最后的裁定，这件事似乎就这样不了了之，就好像只是学习生涯中一个微不足道的小小插曲。

可是，对于顾盼来说，那是噩梦的前奏。

从那天开始，所有同学都对她冷嘲热讽，她的外号就是"三只手""小偷"，张老师看她的眼神也充满了各种奇怪的内容。

也是从那天起，一个与世无争的安静的顾盼就此被留在过去，她倔强地逼着自己去对视那些鄙夷的嘲讽的目光，挺直自己的脊背，从不会有任何心虚的影子。那些不怀好意的谩骂和指桑骂槐的嘲笑，甚至对她动手推搡的举动，都从来没有让她低下头颅。

　　顾盼成为学校最不受人喜欢的学生，这种不喜欢也随之在老师中传递，特别是班主任张老师。

　　顾盼不明白为什么张老师执意于将她定位为一个顽固的不可教化的怪物。在张老师任教的三年里，顾盼都是一个一无是处的废物，她会不遗余力地在那间并不隔音的办公室里放肆谩骂顾盼就是个蠢货……

　　……

　　小学时光是顾盼最不能回顾的记忆，像包着脓的伤疤，一碰就疼。

　　可是，现在徐霜阴魂不散地又出现在她的面前。

　　是时候算账了。顾盼冷冷地笑了起来。

　　下午放学的时候，顾盼捅了捅陆屿初左侧肩胛骨下方的腰窝："起床了陆屿初，放学了。"

　　陆屿初睡着了雷打不动，只有捅这个地方他才会给点反应。

　　他摇晃地站起身伸了个懒腰："呼……一天又过去了……"

　　顾盼盯着他的衣服下摆露出的一小块润滑肌肤，没好气地伸手把他的衣服往下扯："你注意点形象！"

　　"在你面前还要什么形象啊，咱俩一块长大，我什么样你没见过啊。"陆屿初满不在乎地靠着墙，但好歹往下揪了揪衣角。

　　顾盼小声咕哝："光着的，我就没见过……"

　　她到底没敢大声说出来。

　　"你说什么？"

陆屿初突然靠近，吓了顾盼一跳，一掌拍开："你突然靠这么近做什么？"

"你还会害羞啊？"他嗤笑一声，弯下腰认真地望着座位上的顾盼，挑起一抹坏笑，"想看我光着的时候呀？顾盼，看不出来啊……"

顾盼脸咻地涨红，没出声，心里恨得咬牙切齿，听到了你还问！

不一会儿，陆屿初的声音再次响起："哎，你下午又要和那个小炮仗去搞事？"

顾盼反应了一会儿才知道小炮仗说的是荆楚婕。陆屿初一向对荆楚婕没什么好脸色，起初顾盼误以为这是小男生别扭的喜欢，但是后来，每每荆楚婕来找她，陆屿初确实都没给什么好脸色，她才确认就是不喜欢。

"你不是睡着了吗？"顾盼掀起眼皮瞟他一眼。

陆屿初正在慢腾腾地收拾桌面，其实也没什么好收拾的，就一本垫脸的书，那本可怜兮兮的书都被压得变形了，陆屿初不耐烦地把它压在书堆底下。

"那炮仗炸起来声响那么大，我还睡得着吗我！我说你能不能有点出息，成天和这些三五四六的人混在一起……"他话还没有说完，荆楚婕的声音就在后门响起。

"顾盼你还在磨蹭什么，人都快跑了！"

陆屿初适时收声，人也转了过去。

顾盼的眼神在陆屿初和荆楚婕之间流转，直把荆楚婕看得有些
毛骨悚然。

"你怎么了？"荆楚婕走过来拉她。

陆屿初瞪了她一眼后向门口走去。

顾盼揉了揉眉心："没什么，走吧。"

Chapter 3　/ 相信不需要证明 /

"她们在哪里？"下楼的时候，顾盼一连跨过好几级阶梯，头也不回地问。

"我让小八在校门口拦，拦住了直接拖到一边的巷子里，估计就等咱俩过去了！"

顾盼对荆楚婕语气里的跃跃欲试有些无语，她说的巷子就在校门口右边的牙科医院后头，另一头通向一个叫作"老街"的地方。

两个人很快就赶到了她们说的那条巷子，还在巷子口就听见女生的喊叫声。

"你们要干什么？你们拦我想干什么？"

顾盼进去就看到一头黄毛的小八几人围着徐霜，将她逼到墙角。

小八靠近瑟瑟发抖的徐霜，得意地说："喊什么喊，你不是能耐吗！躲什么躲，怕我们会吃了你啊？"

几个人哄笑起来。

徐霜咬着嘴唇忍住眼眶中的泪水，她根本不知道发生了什么，刚出校门就被几人拖到巷子里，眼前这几个人看起来就不是善茬，可是她这个学期才转到这个学校，不存在得罪了什么人……

她慌乱地睁着眼睛四处乱看，瞥见巷子口有两个人影，也没看清是谁就可怜兮兮地努力投递过去求救的信号。

小八几人顺着徐霜的视线看过去，笑得更厉害了："哈哈，她还想着咱们老大救她，笑死我了！"

徐霜闻言，仔细一看，心里的愤怒瞬间掩盖了恐惧："顾盼……"

顾盼双手插兜走过去："是我。"

徐霜看着她若无其事的表情，心中的羞辱感油然而生，她怒道："你……是你要她们堵我的？"

人就是这么奇怪，当曾经你看不起的人出现在你的面前，就算你自己实际上比她还落魄，你依旧会看不起她。

就像现在这样，徐霜瞬间捡起了倨傲："我还以为是谁，原来是你这个三只手。"

"你还敢胡说八道！"顾盼还没有说什么，荆楚婕啪地就是一巴掌扇过去，徐霜的脸歪向一边。

徐霜再抬起头来时，眼里满是恨意："怎么，敢做不敢认？"

荆楚婕见状还要动手，顾盼拉住她。

"我没有做过我为什么要承认？"顾盼歪着头，眼睛直勾勾地盯着她，"当初你的钢笔是怎么遗失的，你和我心里都是一清二楚。"她将"遗失"两个字刻意咬得十分清楚。

"那支钢笔，后来你再拿出来的时候故意说是我还给你的，这样我跳进黄河都洗不清了，你说对不对？事实也是这样。"顾盼靠近徐霜一步，徐霜忍不住往后缩，"我一直很奇怪，咱俩没什么过节，平时也说不上几句话，你为什么这么讨厌我？"

徐霜嗫嚅着嘴不说话，荆楚婕上去就要揪徐霜的头发，顾盼拦住没让她动手。顾盼一向不喜欢这样去羞辱他人，大概是以前被人这样对待过，所以格外讨厌这样的举动。

"你为什么讨厌我？"她又问了一遍。

陆屿初和达霖从校门口出来，达霖问："一会儿去吃什么？"

陆屿初没有说话，眼睛不着痕迹地向左边的巷子口瞟了一眼。

达霖还在喋喋不休："今天忽然想吃面。"

"我想喝粥。"陆屿初说完抬脚向左边走去。达霖心中诧异，上回去喝粥陆屿初明明还嫌那家粥店是黑店，三分之二都是水，今天怎么回事？

"你等等我！"

达霖走路习惯东张西望，在路过巷子口的时候，听见里面有声音，好奇心起，探着脑袋张望了一下，惊讶道："哎？那不是顾盼吗？"

"是吗？"陆屿初脚步不停。

"真是顾盼！你快过来，顾盼给人打了！"

陆屿初眉头一皱，转身向巷子口走去。

顾盼此刻站在原地捂着脖颈，她没想到这么多人围着，徐霜还敢动手。

但是徐霜现在被揍得有些惨，光荆楚婕就踹了她好几脚，但她没敢还手。顾盼有些想不通，难道她看起来很好欺负吗？

她推开众人，一把将徐霜提起来摁在墙上。徐霜的手指抓在顾盼的前襟，指甲掐进她的皮肤。

徐霜的眼睛通红，那样子恨不得吃了顾盼一样，她嘲讽道："我就是讨厌你，看到你第一眼就觉得你跟你那个不知廉耻的妈妈一样，凭什么班上男生都围着你转？看着楚楚可怜，只有我才知道你根本不是什么好东西，陆屿初也是瞎了眼护着你……"

她最后一句好像是本能地脱口而出，只是语句里掩藏的那些心思暴露在空气中，顾盼立马就明白了。

顾盼松开手，荆楚婕几人连忙压住还要扑上来的徐霜，徐霜拼命挣扎着喊："我说得不对吗？你爸是杀人犯，你妈不知廉耻到处勾人，你也好不到哪儿去……"

"至少我清清白白，不像你——恶心。"顾盼回头瞥她一眼，用看一坨垃圾一样的眼神。

顾盼多看徐霜一眼都觉得肝疼，就为了徐霜的私心，她的生活天翻地覆。但是再差也差不过现在了，看了眼身后荆楚婕还在恨恨替自己抱不平的暴脾气模样，顾盼觉得，这样其实也不差。

她说："现在我有的是时间，再让我听见一点不实的内容，我见你一次打你一次。我告诉你，现在已经不是你说了就算的时候了。"

　　说完她向巷子口走去，抬起头就看到拐角处的陆屿初和达霖两人。

　　陆屿初拎着书包半靠墙低着头，达霖笑着咧开一张嘴跑过来。

　　"顾盼，你太帅了，我简直越来越喜欢你了！"

　　顾盼扫了他一眼，达霖立刻想起上次跟她搭讪后惹她不快被她摔的那一下，立马狗腿地改口："是崇拜！纯欣赏！"

　　顾盼看向陆屿初："你怎么在这儿？"

　　"达霖看到你非要过来……"陆屿初抬起下巴指了指达霖，达霖立马点头如捣蒜。

　　顾盼低头闭了闭眼，说不清心底闷闷的感受是不是失望，头顶突如其来地压下来一片黑影。

　　"瞅瞅你那衣服……"陆屿初挡在她面前，将达霖的视线隔开，语气不耐。

　　顾盼才发现徐霜把自己的衣领扯开了，露出的锁骨上还有刺眼的抓痕。

　　陆屿初语气里满是嫌弃："注意点形象，你一个女孩子家家，啧……"

　　"哦，刚才没注意被挠的。"顾盼想起在教室里自己嫌弃陆屿初的说法，腹诽这家伙真是记仇！拉了拉衣领，同时颇不在意地摸了摸抓伤处，才感觉到伤口一阵阵刺痛。

　　"别乱摸！"陆屿初喊了一嗓子。

这时候荆楚婕和小八几人正好从巷子里出来，就听见这一嗓子，摸不清头脑之余成功地想歪了。

"咦——"众人一致夸张地捂住眼睛，"我们什么都没看见！"说完一个跟一个地从他们身边跑出去，顾盼甚至看到荆楚婕"好样的"的口型。

顾盼扶额，觉得自己从学校边的大桥上跳下去都洗不清了。

陆屿初没管旁人，在背包里掏了掏，拿出一瓶云南白药的药粉给顾盼。

"嗯？"顾盼疑惑地望着他。

"出血了。"陆屿初有些怄火，不知道是气她还是气自己，不知道从什么时候起顾盼身上就开始隔三岔五出现一些莫名其妙的伤口，而他包里也渐渐有了这些止血化瘀的药品。陆屿初一边在心里唾弃自己，一边看着顾盼将药粉打开往手上一倒。

"你干什么？"陆屿初瞪着她刚才不知道摸过什么脏东西的爪子……

顾盼看着陆屿初瞪视自己，无辜道："擦药啊……"

有什么不对吗？难道她意会错了？

陆屿初凶巴巴抢下她手里的药粉，把她的爪子从眼前拍下去，一把将她的头不怎么温柔地压向没受伤的那边，露出脖颈上的红印，一手抄起药粉倒下去。

"笨死了！"陆屿初好听却没好气的声音在耳边响起，顾盼怎么也没想明白自己又哪里惹着这位大爷了，感觉到陆屿初在她的脖颈边吹了一口气，有些凉有些痒，鸡皮疙瘩立刻就全体起立了。

陆屿初正在拧药粉盖子，看她还歪着脖子站在那儿，忍不住"扑哧"一笑，换来顾盼莫名的视线，他勾着一边唇角好心把她的脑袋扶正，看她手伸向脖颈，立刻俊颜一凛："不许抓！"

"哦。"在一阵药香里，顾盼的脸无比诚实地红了。

陆屿初瞬间意识到什么，也不自在起来。

在两人沉默的时候，达霖踌躇半晌，看看顾盼又看看陆屿初，小心翼翼地问道："还回家吗？"

达霖和他们在顺路二十分钟后分道扬镳，陆屿初和顾盼两人又陷入了沉默。

"那个徐霜，就是小学五年级的时候污蔑我偷东西的那个……"也许是打心眼里不希望陆屿初心中的自己是个成天惹事的人，或许是因为她仍害怕陆屿初会相信那些无中生有的谣言，顾盼吭哧吭哧地想解释。她不在乎其他人怎么看她，但她不希望陆屿初也是。

陆屿初淡淡道："所以呢？你就找那群小太妹把她打了一顿？"

"不是这样的！"顾盼下意识地反驳。

陆屿初叹了口气，难得像小时候一样放柔声音："你要知道靠暴力获取的东西，本身就没有什么可信度。"

顾盼固执地仰着头问："那你呢？你相信我吗？"

"啧，你要我怎么说呢？"陆屿初皱了眉，直视她的眼睛。

她的眼神直白而雪亮，直逼得他不由想要躲闪，他别开头，模糊地解释："相信不需要证明，语言是最没力量的方式。"

"什么意思？" 顾盼心里微微一落，这不是她期待的回答。正当她还想追根究底的时候，从右手边的铺面里冲出来一个人。

"死丫头，你可算回来了！" 顾美珏气急败坏地习惯性一把揪向顾盼的耳朵。

顾盼闪身躲过，气恼地喊："妈！你干吗啊？"

她并没有留意到，在顾美珏出现的那一瞬里，陆屿初眼中不加掩饰的厌恶。她只觉得当着陆屿初的面被妈妈揪耳朵，简直丢脸死了！

顾美珏没管那么多，匆匆吩咐："赶紧去老太婆那里点一份最贵的小吃，快去！" 说完又匆匆往回走。

顾盼无奈地想要和陆屿初说一声再见，才发现陆屿初已经走了老远。

"还不快去！要最贵的！" 顾美珏的声音又远远传了出来。

顾美珏口中的老太婆是小吃街上一个老婆婆，鳏寡孤独的她也是唯一一个在顾盼去买东西时不会冷嘲热讽的人。

"蔺婆婆，这两样各来一份。"

"哟，小顾又来买东西啊，" 一边铺子里的女人探出头来，抻长脖子瞧了瞧顾盼指的那两样，"你妈转性了？今天不挑最便宜的买了？"

"怕是又钓上什么有钱人了吧……" 另一边铺子的老板娘也赶着出来搭上话，说完自己先捂着嘴笑了起来。

顾盼不理睬她们，她们也自讨了个没趣，就在那儿叽里呱啦聊八卦。

老人家手脚慢，顾盼在等的时候脑子里盘旋的还是陆屿初离开时的背影。

最开始觉得那个背影有安全感是什么时候呢？

她的记忆又回到死不承认偷钢笔的那天，一整个下午，她被罚站在教室外面，人来人往指指点点让她恨不得融进身后的墙里，那是她最羞耻最屈辱的时刻。

陆屿初课间时路过，看到她的一瞬间也满是诧异，顾盼一见是他更加无地自容。

等到上课铃声响起的时候，陆屿初才从厕所出来，在他路过的时候，顾盼深深地埋着头掐着指甲压住鼻酸。

陆屿初走到她面前，拉住她的手把她拉到后门的空隙里，那时候后门不是与墙面平齐，是往教室里面凹进去一些，和墙面形成狭小的空间，陆屿初就站在她身边，微微靠着关闭的后门。

"腿酸不酸？"陆屿初压低声音。

顾盼一扁嘴，压低着脑袋摇了摇。她不肯开口，陆屿初也就保持沉默。

之后每次下课，陆屿初就率先一步冲出教室站在她前面，将瘦小的她完整地遮挡在那个狭小的空间里，替她隔绝了探究的嘲笑的目光。她站在他背后揪着自己的衣服颤抖着，之前一直倔强地在众人的注视下忍住的眼泪，就这么无声地簌簌往下落。

他是那天唯一一个给过她信任的人，哪怕是顾美琰在老师办公室听完前因后果后第一反应也是对她劈头盖脸的一顿打，然后逼着她赔礼道歉，直到听说徐霜那支笔的价格接近四位数时，才立马改口义正词严地说自己女儿不可能做这样的事情。

顾盼知道，顾美琰只是不愿意赔偿那笔钱，才一口咬定不相信她会偷窃，在顾美琰心里，她有没有做这件事，其实并不重要。

蔺婆婆枯瘦的手伸到顾盼面前，打断她的思绪。

"谢谢婆婆。"顾盼接过，再踏出那条小吃街的时候，身后还有窃窃私语。

顾盼脑海里有个不确定的想法，也许街坊邻居讨厌顾美琰并不是没有道理的，毕竟顾美琰是当着办公室所有老师面，依然可以面不改色斜挑着眼说出"我不可能赔钱，但是如果那位同学的家人来酒馆可以免费……"这样的话时，顾盼清楚地记得张老师那张瞬间发绿的脸。

顾盼心想，那时候张老师心里可能在骂："这个世界上怎么会有这么不要脸的女人？"

这条街上，或者说勒川所有有家室的女人心里，大概都希望自己家里的男人永远不要踏足顾家的酒馆。

因为那里面，有一个妖精一样的女人。

Chapter 4　/大家都不是一类人/

　　回家的那条马路上栽着一排银杏树，这个季节没有厚实紧密的树荫，没有聒噪了一整个夏季的蝉虫，枝杈上满是摇摇欲坠的银杏叶，地面上铺了满满一路，松松软软。

　　陆屿初踩着一路叶片，浅金色的痕迹就像潮水一样拍上他的脚背，他仰起头，归巢的倦鸟在纵横交错的电缆线之间划过，扑棱翅膀卷起的一格一格的气流在天空中晃动，摇下枝丫上扇形的叶片。

　　"啪嗒——"那是叶梗脱离的声响。

　　不知不觉，已近深秋，这浓郁的香气。

　　陆屿初终于溜达到楼洞口时，正好撞见从菜市场归来的父亲陆一言，陆屿初眼角余光早就瞥见，但还是毫不犹豫地拾级而上。

　　"臭小子你给我站住！"陆一言叫住他。

　　陆屿初嘴角抿得紧紧的，脑海里突兀地回想起刚才那个女人叫顾盼"死丫头"的样子,下意识地松垮了身体,校服外套也斜垮垮地搭在肩膀上,背包应景地落在臂弯里。

陆一言是学校的政教处主任,最受不了学生懒懒散散、不修边幅,走上前来就看见他这副样子,果然立马吹胡子瞪眼:"你瞅瞅你现在像个什么样?啊?你还有个学生样子吗!给我站好!"

"啧——"陆屿初不耐烦地咂嘴,懒洋洋地收回劈得老开的腿。

"校服是给你这么糟践的吗?你这背的什么,老太太遛弯挎的菜篮子都比你拎得紧实……"陆一言一数落就停不下来,瞅着眼前这个儿子,越看越生气。

"烦不烦啊!"陆屿初知道这时候回嘴必定讨不了好,但他现在就是心里憋得难受,就是想故意挑事。

效果立竿见影,陆一言伸手就要揪他的耳朵。陆屿初简直恨死了陆一言身上任何和那个女人肖似的举止,一伸手挡开父亲伸来的手。

"老陆啊,你们父子俩又在这儿练呢?"七奶奶的声音适时出现,让即将爆炸的陆父压下火。

七奶奶和陆家父子楼上楼下好几年,他们两父子之间的不对付她也清楚,这时候赶紧出来打个圆场。

"七奶奶。"陆屿初对楼上这个老婆婆还是十分尊敬的。

"七婆遛弯呢。"

……

趁陆一言分散注意力,陆屿初趁机蹿上楼。等到他洗完澡出来,陆一言已经在厨房里忙活起来。陆屿初偷偷揭起倒扣在菜碗上的小碟子，警惕地望了一眼厨房，偷偷将手伸向那盘冒着热气的辣椒炒肉，在厨房忙的陆一言像是后背长了眼睛一般，瞬间回过身，烫得他一缩手。

陆一言看着这个已经高过自己的儿子，没好气道：“臭小子，赶紧摆碗筷！”

饭桌上，陆一言还是没有轻易放过陆屿初：“下午又干吗去了？这么晚才回来？”

“和顾盼一起回来的，女生走路比较慢。”陆屿初不要脸地把一切推给顾盼。

他们这一片的房子有些老，是那种进一个单元门左右两户的格局，顾盼跟着顾美玙来到这里就和陆家比邻而居，两家低头不见抬头见，可以说是互相看着对家的孩子长大的。

“也不知道顾家姑娘是怎么回事，越大反而越不让人省心。”陆一言对于两家孩子在学校的表现一清二楚，敲着碗没好气地说，“都是你小子，好好的姑娘家跟你在一块儿都学坏了！”

“还赖上我了，有那么个妈，仙女都得变妖精……”

“混账小子说的什么话……”陆一言扬起筷子就要打。

见陆一言还维护顾美玙，陆屿初顿生一阵烦躁，连带着也没有了胃口：“吃饱了，不吃了。”扔下筷子就离开了饭桌。

回到房间的时候，隔壁的灯已经亮起，两家的阳台靠得很近，约莫就是一个跨步的距离。陆屿初站在书桌前转过头就可以看见顾盼吊在阳台上的沙袋，他抬头看了眼挂钟，八点三十，平时这个时候顾盼喜欢在阳台上打沙袋，不知道为什么今天没有。

此时顾盼正躺在床上望着天花板发呆，她思维放空的时候喜欢发呆，思考的时候也喜欢发呆，所以就算荆楚婕也分不清她望着一处时到底是在胡思乱想还是纯粹因为无聊。

现在，顾盼想的是今天下午出现在酒馆的那个男人，那个让顾美玚一反常态的人。

顾美玚是一个极功利的人，没有让她留恋的资本，休想在她这里讨到好处。而下午那个一身正装的男人，不像她以前见过的任何一个人，他看起来严谨而自律，就连喝高了都那么矜持地坐在那里，不像是勒川经常光临酒馆的那些男人，酒意上头就吵吵嚷嚷动手动脚，嘴里骂骂咧咧全是不着边际的脏话。

顾盼敏锐地察觉到大门落锁的声音，随之而来的是一阵叮叮咚咚，伴随着顾美玚一声"累死了"然后归于平静，她能够想象到顾美玚瘫倒在沙发上的样子。

她敏捷地从床上跳起来，冲上阳台套上拳套对着沙袋发泄似的狠狠打起来。

没过多久就因为毫无章法而气喘吁吁，她抱着沙袋脸贴在上面，望向陆屿初的房间，他的房间已经熄灯，一片漆黑。

今天发生的一切像走马灯一样在她脑海里来回旋转，家庭的变故以及成长的经历让她过早就学会了察言观色，也正因如此，她敏锐地察觉到那段时间陆屿初不知道出于什么原因渐渐疏远了自己，还有他对顾美玚的敌意。

顾盼烦躁地一边挥拳，一边让思绪在脑海里乱七八糟翻涌。

模糊中，陆屿初的声音从黑暗中传来："顾盼，大半夜瞎吵吵什么！"

对面没有回应，陆屿初屏住呼吸仔细听，那边传来拳套撕开的声音，随即是关门的声响。

一片寂静的深秋夜里，一丝虫鸣都没有，远处忽然传来一声低沉的鸣笛，陆屿初发现他的胸口因为憋气胀得生疼。

顾盼离开阳台后，径直去了顾美玚的房间。顾美玚坐在梳妆台前，细致地往脸上抹着什么。她很看重这张脸，每天花时间最多的就是这张脸，所以长年累月下来竟一点看不出她是有个十几岁大的女儿的人。

"那个男人是谁？"

顾美玚对着镜子里望了她一眼："哪一个？"

"今天下午，穿西装那个。"

"哦，他啊……"顾美玚手上动作不停，就像是说起明天的天气一样云淡风轻，"他叫唐朝，好像经营了一家蛮有知名度的原创珠宝设计品牌公司，这几天刚来勒川，安置他老婆的骨灰。"

"你打算把他发展成我的第几任后爸？"顾盼十分直接，"呵，别又被骗财骗色……"

顾美玚当作没有听到顾盼的讽刺，转过身不在意地笑了起来："有什么不可以呢？男未婚女未嫁……"

有时候顾盼觉得自己那种一说话就噎死人的性格，一定是遗传顾美琕的。就像现在这样，顾美琕一句话就堵住了她所有即将脱口而出的讽刺，她觉得说什么对顾美琕来说都不痛不痒。

顾美琕像是被勾起了谈兴，眼睛都眯成一条缝："年轻有为的企业家，刚刚丧偶，虽然家里有一个跟你年纪差不多大的女儿，但是又有什么关系呢。如果我能嫁给他，那咱们就能离开勒川，然后过上有钱人家的生活。这样的生活我光是想想，在梦里都能笑醒……"

顾盼看着镜子里妈妈那满脸憧憬的样子，紧了紧嘴唇最终没再说话。

这种焦躁找不到出口的情绪一直缠绕了顾盼好几天，就连陆屿初都感受到了，时不时转过头来打量她。

几次之后，顾盼先受不了了，在陆屿初看过来的时候逮住他，困惑地问："怎么了？"

陆屿初半侧过身，懒散地靠着墙问："失恋了？"

顾盼幽幽看了他一眼，直看得他有些发毛，连忙改口："生理期？"

顾盼揉了揉脸，平静半晌："我没事……"瞥了一眼明显不相信的陆屿初，"就是有点心事。"

"你那么粗的神经还能有心事……"陆屿初咂舌，"不容易。"

"你看看你那个黑眼圈，本来就长得不怎么好看，这下更像盼盼了……"陆屿初还在说。

"盼盼？"

"对啊，那什么亚运会不是有只熊猫吉祥物，就叫盼盼嘛！"

"你长得好看，我不跟你计较！"顾盼挤出一脸笑容，咬牙切齿地说。

尽管顾盼喜欢他，但是不得不承认，陆屿初实在是有能把人气死的本事，她常常会在心里告诫自己：杀人犯法！

"现在自习课，你赶紧趴着睡会儿吧，你那个脸色，比墙灰强不了多少……"

顾盼只趴了一会儿，发现睡不着，撑着脑袋在稿纸上无意识地划拉，在她意识到稿纸上工工整整地写着的都是陆屿初的名字的时候，心里更加郁闷，烦躁地丢下笔，扭头看窗外的风景。

在同桌的眼里，顾盼的负面情绪简直可以实质化到向外发散，那个男生挪着板凳战战兢兢地远离她，一下课就迫不及待地向教室外跑，刚跑到门口，差点撞上迎面而来的陶茬彦。看着陶茬彦气势汹汹的样子，他站直身子规规矩矩地喊了声："彦哥。"

陶茬彦压根没听到他的声音，只觉得面前有个人挡住自己的路，大手一挥赶小鸡仔一样将他挥开："别挡路。"

陶茬彦拖着被那个男生挪得有些远的板凳坐到顾盼身边，还没坐稳就开始火炮一样吼："发生这么大的事情你怎么不告诉我？"

顾盼刚转过头，就看到陶茬彦在面前放大的脸，连忙将他推开："离我远点。"

陶茬彦脸上打着几个创口贴，指节上扎着绷带，看着都灰灰的，应该包了有几天了。他表情不爽到了极点，但还是依言将凳子往后拖了一点点，抬起头看了看顾盼不满意的表情，一狠心忍痛又往后拖了一截。

顾盼这才正色看向他，陶茌彦的情绪瞬间又激烈起来，一拍桌子："你为什么不告诉我那徐什么的找你麻烦？要不是猫仔说我还不知道！你还让荆楚婕瞒着我？"

每个学校都有不爱学习的混混，上课从来不准点、下课却能溜最快、打架率最高的那种死不读书的混混，陶茌彦就是顾盼所在学校远近驰名的"扛霸子"，面凶手黑令人退避三舍，偏偏护着顾盼，凡是跟顾盼沾边的事情，率先炸的肯定是陶茌彦，因着这层关系顾盼也就是公认的女生老大，尽管顾盼常常不领情。

"关你什么事啊！"顾盼不耐烦极了，"我自己的事情我自己能解决。"

她趴在桌上，目光正好可以看到教室外走廊上的两个人，心想这傻子又来找陆屿初做什么。

傻子指的是达霖，刚下课陆屿初就被达霖从教室拽了出去。

达霖信誓旦旦地保证："……你就把山地车借我骑一会儿！我保证爱惜它！"

陆屿初昨天刚收到自家三叔寄来的山地车，自己还没骑热乎，刚进学校就被达霖盯上了，节节课都来找他磨。

但是陆屿初这时候心不在焉，教室里陶茌彦动静那么大，他第一时间注意到了。

"行行行，下午放学行吧？"陆屿初敷衍着答应。

看着不知道为什么莫名兴奋的达霖突然抱住陆屿初，顾盼只觉一阵辣眼，翻了个白眼收回视线。

陶荏彦还在说着前几天他又带着人吓了徐霜一顿的事："……你是不知道，当时她吓得啊……"

"你们一群大男人去恐吓一个小姑娘，都不脸红的吗？"

"怎么就脸红了！我听说她在你面前发横的时候可一点都不像是个小姑娘，总而言之，顾盼，在这儿我护着你，别人休想动你一根头发！我护着我的人天经地义！"陶荏彦蛮不讲理地大声说。

"你给我小声点！"顾盼看着正走进来的陆屿初听到这句脚步一顿，连忙一巴掌用力拍在陶荏彦背上。

"嘶——"陶荏彦一个大喘气，感受到背上一阵发麻，还没等他抱怨，顾盼已经开始赶人："你赶紧走，要上课了。"

陶荏彦向来是个嘴上没门的，你和他纠正多少次都没有用，顾盼本着"随你去，我不搭理你时间久了你自己也能察觉没劲"的思想不想和他多费唇舌。

"又赶我走！"陶荏彦满是敌意地望着向座位走去的陆屿初。

"瞅什么瞅！赶紧滚蛋！要我送你？"

"走走走！"陶荏彦长长地叹气，望着已经坐在座位上的陆屿初的后脑勺，将脚边的凳子往桌子下一踢，凳子"啪"的一声倒在地上。

顾盼皱着眉头看他，陶苒彦不情不愿地又把凳子扶起来。

顾盼的目光落在他的绷带上，陶苒彦每次跟着职高那群人出去打架都是一身伤回来，她忍不住提醒道："你少和泥鳅他们混在一起，他们和你不是一路人……"

顾盼口中那个泥鳅其实她只见过一次，但是那印象可称不上好，一脸阴郁的瘦小男生那双吊三角小眼睛里闪着的不怀好意的光，令顾盼本能地抗拒，被他直视时会让人有种被蛇盯上的恐惧，顾盼打心眼里不想和他们多接触，也不觉得他们是什么善茬，但是陶苒彦似乎和他们混得还不错。

"知道啦！"

顾盼一听他满不在乎的声音就知道他根本没有把这样的话放在心上。

陶苒彦踢踏着步漫不经心地向教室外走去，回头冲顾盼挥了挥手。

走廊上随着上课铃声的响起人影渐少，过堂风悠悠地顺着惨白的墙皮向这个表情乖张的少年汹涌而来，撩起紧贴肌肤的布料，带走暖意。

Chapter 5 / 这不是心机，这叫谋略 /

青春应该是什么样子的？

在所有关于青春的电影里，丰盛的阳光、嬉笑怒骂的少年、爽朗明媚直冲天际的欢笑，是青春最基础的常态。

陆屿初站在浓密的树冠下，望着远处一群飞鸟向灰蒙蒙的天空扑棱过去，带着这个季节萧瑟的寒意。

"陆屿初，你站着干吗？赶紧把锁打开呀！"达霖推了他的肩膀一把，"你不是后悔了不打算把车借我了吧？"

陆屿初认命地弯下腰，解开锁："没。"

达霖心满意足地跨上那辆崭新的捷安特山地车，他刻意摆出自认为最帅的坐姿，用手肘挤了挤身边的陆屿初："哎哎，有没有很帅？"

"嗯嗯嗯……"陆屿初敷衍地点头，向校外走去。

"哎！"达霖连忙踩上脚踏，"一定是嫉妒我帅！"

教学楼和校门口之间是一道很长的下坡，陆屿初沿着足球场围墙向校门走去。他实在不想承认，达霖那不着调的家伙骑在车上，确实有那么一股英姿飒爽的味道……

"新出的捷安特山地车！不错啊你小子！"

"帅吗？"

"帅呆了！"

陆屿初只要微微一撇头就能看见达霖得意忘形的样子，他扫了一眼，果然达霖正歪着脑袋冲人行道上的人耍帅，像一只炫耀翎羽的花孔雀……

转头的时候，瞥见足球场另一边的斜坡上下来一行人，几个女生吵吵闹闹地打闹追逐，只有顾盼远远落在后头……

此时达霖迎风踩着山地车耍帅前行，还偏着头和他挥手道别，根本没注意到前方低着头走路的顾盼，眼见要撞上她了。

陆屿初想也没想，迈开长腿跑过去："小心！"

像是电影被刻意放慢的镜头，一帧一帧，沉默冗长——

顾盼转过头来，微微皱起眉头有些惊疑。

他感觉自己心口失衡地跳动，像陡然加快的鼓点。

他抓住顾盼的手臂将她向身后拉去。

转过身就看见山地车左右失衡，以及达霖惊慌失措的表情……

一家装饰简洁处处透着复古怀旧气息的咖啡厅里。

　　音乐像涓涓流水，在昏暗的带着咖啡香的空气里低低地浮动，原木色的宽大桌面上，透明玻璃杯里白色烛泪上顶着摇曳的橙黄色火苗，像是将黑暗烫了一个洞。

　　"明天大概不会和您见面了……"暖黄色的火光映在顾美珴的脸上，有一些婉约动人的蛊惑。

　　唐朝坐在她的对面，双眉微蹙，深邃的眼眸中蕴含着万种情绪。

　　顾美珴略微一顿，稍稍抬起脸庞，满是愁眉不展："您不要误会……是我的父亲最近检查出胃癌晚期，作为子女我……"

　　她话还没说完，被一阵急促的铃声打断，尴尬道："不好意思，我接个电话。"

　　顾美珴接起电话，忍不住在心里咒骂，是哪个没有眼力见的现在打电话过来！

　　唐朝看着顾美珴接起电话时瞬息万变的表情，这是个十分聪明的美丽女人，就像是一朵罂粟花，明知道它柔美绚丽的外表之下是怎样可怕的存在，但是你却经不住它的诱惑，着迷一般心甘情愿养护它灌溉它。

　　"……是……医院？……好，我马上来。"

　　唐朝问："是令尊的病情有什么问题吗？"

　　"是我女儿。"顾美珴霍地站起身，脸上难得有一丝慌乱，"对不起，我现在要去一趟医院。"

　　"我送你吧。"

　　他们赶到医院时，医生正好从里面出来，顾美珴匆匆拦住。

"医生，我女儿没事吧？"

"小腿腓骨轻微骨裂，打了石膏，回家以后注意多补钙，不要剧烈运动。一个月以后来复查，恢复得好不会有后遗症，对以后生活也不会有影响。"

医生叮嘱一阵后离开病房，唐朝将手搭在她的肩膀上扶住她微晃的身形："放心吧，没什么大问题。"

顾美琦抚了抚心口顺了顺气，温柔地抬头冲唐朝一笑，随即目光转向病房里的三人。

达霖和陆屿初神色讪讪地站在顾盼身边，顾盼的小腿上被石膏绑住，看不出伤势如何。

"怎么回事？"顾美琦眼神不善地望向陆屿初、达霖两人。

陆屿初张嘴刚要说话，顾盼急急开口："我不小心摔了一跤，他们俩送我来医院。"

陆屿初在一边尴尬极了，说起来实在是丢脸，顾盼会受伤不是因为被山地车撞了，完全是他情急之下拉扯她避开时用力太猛把顾盼甩到了旁边校碑石台上……

他想起当时顾盼疼得冷汗直流的样子，不由心虚地看了她一眼。顾盼低着头，伸手挠了挠膝盖下石膏的边缘，发丝随着她微弓的脊背滑落至胸前，后颈的脊椎骨撑起皮肤的弧度，像是独角幼兽额前未发育完全的犄角。

"怎么这么不小心……"顾美琦上前小心翼翼捧起顾盼的石膏脚检查。

大概是顾美琦难得如此关怀备至，让顾盼和陆屿初皆是一愣。

瞥见母亲关切的神情，顾盼心上有个莫名的角落忽然松动。错眼看过去，一个一身西装的男人带着儒雅的笑容，视线一直落在顾美琦的一举一动上，顾盼蓦地又冷了神色。

大概是她的眼神太直接，唐朝看向她，露出一个微笑，最大程度地表达自己的友善。

很久之后唐朝都记得第一次见到顾盼的这个场景，该怎么形容呢？就好像是一只小兽拼命龇着自己稚嫩毫无杀伤力的乳牙，像是要吓退将要侵犯她领地的外来者。

"这是我女儿，顾盼。"

唐朝回神的时候，眼前是顾美琦温柔的脸，他顿一下，冲顾盼道："你好。"

"这个是唐朝唐叔叔……"

顾盼的眼神像刀子一样凌厉地望着他，顾美琦微微侧身挡住，用口型说了句："死丫头，叫人！"

顾盼冷着眼上下打量这个男人，这就是即将要成为自己后爸的人？

她心中冷哼一声转过头去，顾美琦在心里不停地骂顾盼没有眼力见净会给自己添麻烦，面上却保持着温和和宠溺的笑容，向唐朝解释说"孩子认生"。

顾盼的心情很不好，从病房出来时，冷着脸磕磕绊绊地拄着拐杖，绕过伸手要搀扶的顾美琦向门外走去。

顾美琦落空的手停在半空中，描得精致的眉角一颤。

陆屿初几步上前扶住顾盼，顾盼打着石膏的脚微微悬在半空，走了几步又吃力地停在原地休息一瞬。

"慢慢走，不着急。"陆屿初轻声嘱咐。

顾盼的手指紧紧攥在拐杖横梁上，骨节因为太用力而显得微微发白。

两人穿过医院长长的白色走廊，两边擦得锃亮的玻璃窗有阳光透过来，将一块块浅金色的光斑投射在苍白的墙面，两人的影子不停地在明与暗之间穿梭，就好像是不断进出不同的世界。

"咚咚……"

拐杖叩击地面的声音分外明显，眼前顾盼单薄的背影看得顾美琦鼻子忽地一酸。

不知道是哪扇窗户没有关紧，忽然掀起一阵冷风，吹得顾美琦满身凉意。

她感觉有一双手轻轻地搭在自己肩上，唐朝的声音在耳边响起："走吧。"

回家是唐朝开车送他们，顾美琦想要顾盼跟她一起去外公那儿，毕竟顾盼的腿受伤行动不便，跟着她也好照顾。

"我不去。"顾盼头也不抬，拒绝得十分坚决，连前座一直沉默不语的陆屿初都禁不住侧目。

顾盼不喜欢回外公家，陆屿初是知道的，还记得有一次顾盼回来后在他面前哭了好久，之后每年都哭闹着不再去了。

顾盼记得那一次年关回外公家，那一家子的冷言冷语。彼时的顾盼年纪尚小，但是也看得懂外公外婆嫌弃的目光。从那些走门串巷的三姑六婆口中，顾盼才得知当年母亲爱上穷困潦倒但是又才情无限的父亲，在家人极力反对之下，两人没有办法，选择私奔，远走勒川，顾美琦自此与家人翻了脸。

如果之后日子过得顺遂也就算了，在勒川落脚的两个小年轻身上没有多少积蓄，过得十分艰难，更雪上加霜的是，顾美琦发现自己怀了身孕。

顾盼还记得顾美琦说起这段回忆时脸上的表情，像是惋惜又像是无可奈何，她说："你那个死鬼老爸，真是太蠢了，居然会去抢劫，抢劫就算了，还挑了个那么麻烦的人，啧……"

……

"不如给顾盼请个看护吧。"唐朝察觉到车里紧张的气氛，开口提议。

顾盼并不觉得顾美琦留在勒川会给予自己多好的照顾，两相对比，她反而觉得唐朝的提议还不错。

顾美琦在第二天就离开了勒川，而顾盼在家里待了一天就受不了了，踩着放学的点就搬了凳子坐在门口等着陆屿初。

陆屿初难得在晚上七点前就到了家，三步两步上楼正要往顾盼家里去，看见顾盼坐在门口登时就有些蒙，这是秋后算账？

"你怎么坐在这儿？"

"我明天要去学校！"

"去学校干什么？医生说你要静养。"陆屿初皱着眉头。

"得了吧，就这么点小伤，养什么养……"顾盼不以为意地跷跷那条残腿，眼骨碌一转就开始出馊主意，"不然你请假在家陪我？"

"顾盼，你是顺带撞坏了脑子吧？"陆屿初白了她一眼，"你请假是因为伤残患者，我请假怎么请？光是我爸那一关就过不去！"

"我不管！你不知道那个看护，我的妈呀，那简直就是个二十四小时监控！我受不了了。"顾盼提起那个看护就心有戚戚，恶狠狠地威胁道，"要么我去学校，要么我把你腿打断！你选吧！"

"你这人不讲道理呀！"

"我不管！害我受伤的是你，你想不负责？"顾盼熊着脸就开始耍赖，把打着石膏的腿伸到陆屿初面前。

陆屿初被她没脸没皮的样子噎得说不出话来，憋了半天也没有想出来要怎么应对。

顾盼看他不说话，也没敢太嚣张，软了态度："陆屿初，我求你了，你就带我去学校吧！我保证每天都在座位上乖乖的！带我去吧！我在家里都快发霉了……"

顾盼眼睛本来就特别大，配着脸上那一点婴儿肥，平时冷着脸还能掩盖那一丝乖巧，此刻委屈兮兮的，黝黑的瞳仁就像是蒙了一层雾气，看起来还真有那么点楚楚可怜的味道。

陆屿初一瞬间就有些魔障了，鬼使神差竟然答应了顾盼的要求。

"好吧，好吧，你别这么看着我了！"他强迫自己扭过头去，可是顾盼眨着眼装可怜的样子却这样刻在了他脑海里。

　　第二天陆屿初蹬着一辆破自行车在楼下等着，在内心深刻反省唾弃自己没出息，顾盼摆明了是胡搅蛮缠装可怜，他怎么就傻眉愣眼地往枪口上撞呢？给自己揽多大个麻烦啊！

　　陆屿初不是想推卸责任，但是在他心里，顾盼在家静养远比费劲去学校好啊！先不说陶茬彦，就荆楚婕那个小炮仗还指不定闹出多少么蛾子！

　　但是事已至此，陆屿初也只能听天由命了。

　　"顾盼，赶紧下来！"

　　还没等到顾盼答应，陆一言先嚷了起来："臭小子，你书都读到狗肚子里了？不知道上来搀一把啊？"

　　陆一言这两天在临市有教学研讨会，不然倒是可以接送顾盼。

　　他深深了解儿子，能让陆屿初做出这种破天荒的举动绝不可能是心血来潮善心发作，虽然顾盼一个劲解释是自己没站稳不小心摔倒了，但是陆一言心里门儿清，顾盼受伤的事情多半和这个臭小子脱不了干系！

　　"叔叔，我自己可以下去。"顾盼被陆一言小心翼翼扶着，慌忙地解释。

　　"小盼啊，你妈不在，陆叔叔这两天也要去临市开会，那小子要是欺负你，你就告诉叔叔，看我怎么收拾他！"

　　陆屿初爬上楼梯就听见这么一句，脸色顿时就黑得跟锅底似的。顾盼见状想解释，陆屿初一把拉过她的手臂："快迟到了，赶紧走。"

"嘿，浑小子……"

清晨的路上还没有多少行人，空气中有薄薄的雾，像给这座城市蒙上了一层纱。秋天的树寂静地林立路边，显得又高又远。偶尔有汽车从他们身边开过去带起一阵风，像是迎面而来兜了满面的凉水。

顾盼侧坐在自行车后座上，为了保持平衡，一只手抓在座椅下，金属自带的沁凉感，让她不自觉松了松。

一直沉默的陆屿初等红绿灯的时候歪头望了眼后头，顾盼此时正在往手心哈气，他想装作没看见，可是心里叹了口气，没好气地说："把手揣我兜里。"

顾盼抬起头只看到他的后脑勺，有些没反应过来。陆屿初等了一阵她还是没有动，抬头看了眼已经亮起的绿灯，不耐烦地"啧"了声，转身抓住她的右手直接塞进自己的校服口袋。

随着他不太温柔的动作，顾盼的手瞬间落入温暖的、带着他体温的口袋。陆屿初没有再说话，抬起撑在地上的长腿就开始踩自行车，顾盼在惯性下慌忙揪紧手里的布料，一头磕在陆屿初的背上。

陆屿初感受到身后的撞击，没好气地小声骂道："笨死了。"嘴角却口是心非地微微扬起。

校门的入口是一个上坡，为了让顾盼搭乘方便，陆屿初是从另一边进的校园，路过教学楼的时候达霖正在窗口拍黑板刷。

达霖眼尖，看见陆屿初自行车后面坐着顾盼，不禁怀疑自己眼花："陆屿初！"

顾盼听见教学楼传来的喊声，抬头，没几眼就找到四楼窗口挥手的达霖。

达霖这下是真的看清了顾盼，立刻转身将黑板刷丢在讲台上就冲出了教室。

陆屿初在教学楼下锁车的时候，达霖就龙卷风般咋咋呼呼来到他身边了。

"你怎么来学校啊？"达霖望着顾盼打着石膏的右腿问。

顾盼对陆屿初这个脱线的好友不太"感冒"，面无表情地转身看陆屿初，他正弯着腰锁车，后背的脊椎骨透过绷紧的布料露出模糊的锐利形状。

锁好自行车，陆屿初直起身就要去扶顾盼："走吧。"

"我来吧！我来吧！"达霖狗腿地上前就要从两人中间插过。

陆屿初看他殷勤的样子当时就有些不乐意，指着达霖语气不善："你想干吗啊？"

达霖咧着嘴笑开了，露出两排白色的牙齿，不好意思地挠了挠脑袋："那个……顾盼受伤的事不也有我一份吗……我这不是心里过意不去……"

"打住！"陆屿初把肩膀上半挂着的书包丢给他，"聊表心意就够了，不用这么热情！"

看陆屿初真的不怎么待见的样子，达霖抱着书包困惑地挠头，心想自己又怎么惹着他了？

上楼梯的时候，陆屿初搀起顾盼，将顾盼大部分重量转移到自己身上，托着她一步步往上蹦。

达霖又憋不住了："你们教室在五楼，你这么蹦上去要蹦到什么时候啊？"

陆屿初甩了个白眼，达霖正盯着顾盼没有接收到，而他接下来的话让陆屿初恨不得当场掐死他，他说："不然我背你吧！"说着就在顾盼面前蹲下身。

陆屿初磨了磨后槽牙，恨恨地推开他："一边去！拿着我的包赶紧上去！"

一来一去间，他们就这么堵在楼道口，身后要上楼的同学自觉去另一边的楼梯，顾盼觉得丢脸极了，抬起头正好看见那边楼道埋着头正要上楼的荆楚婕。

"荆楚婕。"顾盼眼睛一亮，高声喊。

陆屿初和达霖也应声向那边看去，接下来的一幕，让他们都目瞪口呆。

荆楚婕听到声音抬起头，却不是向着顾盼他们这边，她冲着那边楼梯上一脸惊喜地喊："哎，小八，你也在啊！等等我！"

随后，就那么几秒钟时间，荆楚婕就像阵飓风消失在走廊上。

顾盼瞪着空空的走廊，铁青着一张脸，浑蛋，小八的教室明明在对面楼！

躲在二楼走廊的荆楚婕探头探脑地往楼下张望，欣慰又满意地看着陆屿初搀着顾盼上楼。

她怀着一颗老母亲般的心叹了口气，其实她老远就看见顾盼、陆屿初他们了，她作为顾盼死党就算没有机会都得创造机会给她，更何况现在陆屿初那么主动自觉地充当人肉拐杖，她要是还不长眼地杵上去，不是毁姻缘就是……唉！顾盼那低到令人发指的情商，真是操碎了她一颗老母亲般的心。

荆楚婕当时心里就万马奔腾，叫我干吗？叫我干吗？我能背你上楼吗？背你上楼这件事肯定、一定、必须要陆屿初上啊！

再一次感叹顾盼情商低之后，荆楚婕拍拍手咂着嘴："啧啧啧，还好我机智，像我这么好的朋友打着灯笼都找不到了！"

自我赞美一番后，满意地迈着老干部般的步伐偷偷离去。

第一节课是英语课，骆淼作为课代表正在分发昨天的考卷，视线落在从后门进来的两个人身上时，愣了一下。

顾盼的同桌正在抄作业，余光瞥见身前的阴影，匆匆抬起头看一眼骆淼："你挡着我的光啦！"

骆淼立刻回神，一句"对不起"还没出口，在对上对方嫌恶的视线后就变成吞吞吐吐的"我……我……"

"你什么啊，赶紧走开啊，你一个人站在这儿挡了三个人的光你知不知道……"

他的声音很大，几乎所有人都转头看了过来，有哄笑声传入骆淼的耳朵。骆淼感觉芒刺在背，低着头的脸上连带着脖颈都瞬间涨得通红。

"我不在，你很得意啊。"顾盼这时候已经走到座位边，居高临下地看着同桌冷声说。

她的脸上没有什么表情，微微皱起的眉头更衬得她拒人于千里。

"盼姐……"那个男生讷讷地叫了一声，脸上的得意扬扬立马被惊慌取代。

顾盼和骆森的关系说不上特别好，骆森是英语课代表，顾盼最差的就是英语这门学科，也没少问骆森要作业借鉴，骆森每次也不啰唆，直接把作业给她，比班上其他的好学生要干脆得多，一来二去，顾盼看这个胖嘟嘟的女孩儿觉得顺眼极了。

而顾盼最讨厌的就数仗势欺人、欺软怕硬的人，刚才同桌嘲笑骆森的时候，她就好像看到了曾经的自己，只觉得浑身的血液就像是烧了起来，一股怒气盘踞胸口。

班级里的气氛瞬间有些尴尬，众人见势不对纷纷埋下头，眼睛却时不时往这个角落瞟。

陆屿初看了眼还立在一边的骆森，指着她手里攥着的试卷，问："是给我的吗？"

骆森下意识地点点头，指缝里的试卷就被他抽走。

"谢谢。"

骆森还没回过神来，手里已经空了。

陆屿初另一只手揪着还杵在原地的顾盼，直直将她按在了座位上。

骆森知道他们这是在给自己解围，感激地一步三回头地看着他们。

陆屿初脸上没什么表情，手按在顾盼的脑袋上，她听到他说："闹什么闹，安分点……"

顾盼平素就没什么表情，但是看在骆淼眼里，那一瞬，却好像是冰雪消融，化成涓涓水流，就像惊蛰日里的绵绵细雨。

这样的场面发生过许多次，好像不管顾盼爹毛成什么样子，只要有陆屿初在，她都能被安抚。

骆淼想：喜欢上一个人，退一步、退百步，大抵是没有区别的。

顾盼抢过陆屿初手里的试卷，嚷嚷："陆屿初，你又是 60 分？你怎么回回都考这么低？"

"60 分万岁，多一分浪费。"陆屿初满不在乎的样子，转瞬想起什么剜了顾盼一眼挖苦道，"你怎么好意思说我，上次不知道是谁考 30 多分……"

"你怎么不说上上回我考了 81 分的事！"顾盼不服气。

"你好意思说那回？考试的时候不是骆淼坐你边上，你背后挂上火箭炮都蹿不上 60 分！"

"要不是你说考试不翻书简直是头猪，我会作弊吗？我会被老师抓吗？"顾盼说起来就觉得丢人。

"那我还说作弊不要慌，逮到就要装呢，你怎么不听啊？"陆屿初被她气笑了，"当时我都没说你，你被抓就算了，你还看着我是几个意思啊？生怕老师不知道是我撺掇你作弊？我一个根正苗红大好青年被你拖下水，你不亏心啊顾盼？你知道那老师还以为是我给你传字条吗？他也不想想，你在最前面我在最后面，隔着人山人海我是从传送门里给你传答案的吗……"

骆淼看着争得脸红脖子粗的两人，不知怎么就笑了。

明明两个人的性格迥然不同，就像是分处地球的两极，凑在一起的时候，却默契得不行，就算是吵吵闹闹，也异常和谐。

　

第二节课课间操，顾盼一个人在教室，荆楚婕循着空荡荡的走廊就上了五楼。

人还没出现，大嗓门先至："顾盼，没看出来你这么身残志坚啊！"

顾盼扭过头，气不打一处来："你来得正好！你早上躲什么躲？还装作小八叫你想拖小八下水？你不亏心啊？你以为我不知道小八教室在咱们楼对面？"

"我说盼姐，你摔伤的是不是脑袋啊？"荆楚婕原以为顾盼这么早来学校就是为了刷陆屿初的内疚感，听她这个意思好像不是那么一回事。

顾盼愣了一下："什么意思？"

"你这么早来学校是干吗来的？"

"我热爱学习啊！"顾盼脸不红心不跳地说。

"快拉倒吧你……"荆楚婕直接翻了个白眼，满脸都写着"你给我从实招来"。

"啧，在家里多无聊，还不如来学校，好歹陆屿初在……"顾盼声音越来越小。

"敢情咱们这么大一学校就剩一个陆屿初有存在感了啊！"荆

楚婕夸张地感叹，想了想顾盼确实是这样的人，瞬间又觉得自己是在说废话，"我说，你来学校就为了看他，你就没想趁这个机会……"

顾盼全然没有领会她的意思。

"你真是笨到家！你不是对他那什么吗，这是个好机会啊！你都因为他半残废了，不正好让他负责？"荆楚婕一脸恨铁不成钢的样子。她从当时在场的几人那儿听说了事情的经过后，第一感受就是顾盼和陆屿初简直是一对活宝！

"其实也不全是……"顾盼小声争辩，想起自己来学校也是用这个理由威逼利诱的结果，又觉得有些羞惭。

"你给我闭嘴！"荆楚婕喝止，"我告诉你，这个时候就算不是他的责任你也得全算他头上啊，更何况本来就和他脱不了干系！你到底想不想和他有进一步发展啊！"

"想啊！"顾盼想也不想回答。

"那就听我的！"荆楚婕冲顾盼勾勾手指头，示意她附耳过来。

顾盼将信将疑凑过去，两人窃窃私语好一阵，顾盼恍然大悟：还可以这样吗？

荆楚婕则在顾盼明晃晃的"你好阴险"的表情下整个炸了，教育她："这叫谋略！没有这点小心机，你怎么抱得美人归！"

在荆楚婕心中顾盼完全就是沉迷于陆屿初的"美色"，每次问她为什么喜欢陆屿初的时候，顾盼都会斩钉截铁地告诉她——因为陆屿初长得好看！不管是真是假，总之顾盼喜欢陆屿初就对了！

好在顾盼见好就收，也没问她为什么这么积极，直接摆出"受教了"的表情，转瞬想起什么似的赶紧叮嘱荆楚婕："对了，我受伤这件事你别跟陶荏彦提。"顾盼简直怕了陶荏彦，天知道他得知自己受伤的事情又要怎么闹。

荆楚婕眼中闪过一丝异样的光，顾盼还没来得及捕捉的时候，她已经郑重地答应："我不会告诉他。"

某日英语课，英语老师让大家回忆某一类带有相同结构部分的单词，今天的结构部分是"ful"。

成绩好的照理绞尽脑汁彰显自己的博学多才。

"beautiful"

"wonderful"

"helpful"

……

成绩烂的诸如顾盼这种，一如既往地撑在课桌上，指尖的笔不停地打着转，目不转睛地盯着陆屿初的后背思考什么，突然笔停下来，笔头在课桌上轻轻叩击，她的同桌警惕地盯着她的手指，跟着笔头一上一下，他知道这是顾盼打什么主意的时候专有的动作。

这时候，教室里的举例声音渐渐低了下来，顾盼听到前桌传来不大不小的声音，陆屿初用刚好全班都能听到的音量闷闷地回答："阿弥陀佛（ful）。"

顾盼"扑哧"一声笑了出来，这就像一个指令，班上也开始哄笑起来。

陆屿初除了这张脸好看得远近驰名，另外一个令人津津乐道的就是这课堂上捣乱的一把好手。

比如说，地理课时老师报一个地名，让他们回答当地所出的矿产。

地理老师突然问了一句："江南产什么？"

陆屿初："江南产美女！"

就像是一种小男生怎么都玩不厌的把戏，尽管任课老师事后一定会向陆一言告状，陆屿初仍然乐此不疲。

顾盼用笔头戳了戳陆屿初的后背，陆屿初习惯性地支起背脊靠在顾盼的桌沿，稍稍侧过脸，微长的短发搭在耳边。

顾盼调整坐姿靠上去，盯着他挺翘的鼻梁，说："陆屿初我饿了，我想吃干脆面。"

"顾盼你是猪吗？"陆屿初咬牙切齿。

"可能我在养骨头，所以饿得比较快吧……"顾盼装模作样地叹了口气，"你要是懒得跑就算了，反正还有一节课就放学了，饿一个小时也不会死……"

陆屿初停了停，没有说话，唇角紧抿，又趴回课桌上。

下课铃声一响，陆屿初就站起身，没有给顾盼一个眼神就离开了教室。

顾盼盯着他的背影乐不可支，心里得意扬扬地想：荆楚婕说得果然没错。

顾盼很少在陆屿初不在的时候笑得这样眉眼弯弯的样子，同桌看着她不禁有些呆了，在心里感叹其实顾盼不凶的时候，还是挺好看的。

这段时间，顾盼就像是变了个人，不停地跟陆屿初找茬，渴了想喝水，饿了要吃零食，作业懒得做，全软磨硬泡地要陆屿初代劳了……

陆屿初但凡表现出不愿意的样子，顾盼就拖着石膏腿站起来，陆屿初就一边黑着脸一边任劳任怨……

就像是两个人之间隐秘的摩斯密码，只有他俩才知道。

没多久陆屿初就上来了，一路上气冲冲的，谁也没有理，直接向顾盼奔去，丢了两包干脆面在她桌面上。

顾盼冲他笑得无比满足，眼瞅着陆屿初的校服口袋鼓鼓囊囊，揪住他的衣角把他拽过来，手就自觉地伸进他的左边口袋掏啊掏。

等她手伸出来的时候，手心躺着一根葡萄味的真知棒棒糖。

"怎么是葡萄味啊，你就不能都买荔枝吗？"

陆屿初斜眼幽幽看向她，他口袋里之所以会有棒棒糖，还是前几天顾盼突发奇想说想吃，差使他下去买，他一天几乎节节下课都要去一次商店，每次还要不一样的味道，他实在是受不了了，干脆一个口味都买了几支放在口袋里以备不时之需……

顾盼嘴上不饶人，手已经诚实地开始拆糖纸，把棒棒糖塞进嘴里，得了便宜卖乖之余，无比满足地说了句："谢谢啊。"

"哼！"陆屿初回以冷哼，之前在小卖部还骂骂咧咧的暴躁情绪，在看见顾盼小仓鼠似的啃着棒棒糖的时候咻地消散了，他忽然觉得她这个样子分外可爱，表情不自觉柔和下来，手就着魔了般想要去戳一戳她那边的脸颊。

"陆屿初……"顾盼抬起头正要说话，迎面就看到陆屿初修长的手指，一愣，话就这么断在嘴边。

陆屿初猛地生出一种做贼心虚的情绪，举在半空的手快速拐了个弯，抹了把额前的碎发，带着股不屑就往座位上走。一低头，他看到顾盼搭在他座椅上的石膏腿，陆屿初更觉得刚才会觉得顾盼可爱，简直就是精神错乱！

陆屿初指着那条雪白的石膏腿，不敢置信道："你就是这样感谢我的？顾盼你还是人吗？"

顾盼龇牙一乐："陆屿初，下周我们去看电影吧。"

如果我和你之间隔着一百步的距离，我会用尽一切办法走完这九十九步；如果是一千步，那么我就走九百九十九步，你只要站在原地，等着我。

我会虔诚得像一个成天祷告的信徒，捧着我的真心走到你的面前，直到你能够看见。

哪怕这期间我要去学如何变得更有心机，也没有关系。

荆楚婕说：这不是心机，这叫谋略。

Chapter 6　　/ 我喜欢你，这是个秘密 /

　　周末，顾盼趴在窗台上不停叫陆屿初，不堪其扰的陆屿初被迫起了个大早。

　　他望着镜子里自己睡眼惺忪的脸，挠了挠乱糟糟的头发，闷着一肚子起床气开始刷牙洗脸。

　　"小盼起得这么早啊。"陆一言的声音从客厅传来。

　　"嗯，我来找陆屿初陪我去医院拆石膏。"是顾盼脆生生的回应。

　　"终于可以拆了啊，屿初在洗漱，你等一下啊。"

　　是啊是啊，终于要拆了，他整天被奴役的苦日子也到头了……陆屿初恨恨吐出嘴里的白色泡沫，草草洗了一把脸。

　　陆一言看着顾盼扶着墙面蹦蹦跳跳地就要往陆屿初的房间走，想起自家儿子一年比一年严重的"领地意识"，刚想拦，顾盼已经进了房间。

　　洗漱好的陆屿初进到卧室，就看到顾盼坐在书桌边，在桌上东摸摸西看看。

　　"我要换衣服了，你确定你要待在这儿？"陆屿初嗓音里还透着一丝没睡醒的沙哑，作势要随手脱衣服。

　　顾盼瞪圆了眼睛，眼看他就要撩起睡衣，连忙伸手捂住眼睛："陆屿初，我会长针眼的！"

　　"你确定不是躲在指缝里偷看？"

　　"都是平的，正面反面一个样有什么好看的。"顾盼已经蹦到陆屿初身边，抬起石膏脚踹了陆屿初一脚。

　　"嘿……"陆屿初漫不经心地揉着被踢着的小腿，脑海里想着刚才顾盼擦肩而过时，她掩饰不住的微红脸颊和耳根。

　　还是被欺负的顾盼可爱一点，陆屿初吸了吸鼻子笑了起来。

　　医院里人山人海，顾盼被陆屿初护着终于到了医生办公室。

　　"医生，真的可以拆了啊？"

　　"医生，我的骨头真的长好了吗？要不再戴一阵，先别拆吧……"

　　"医生……"

　　自从进来，顾盼就开始碎碎念，还不断躲闪医生伸过来的检查仪器，让医生很是头疼。

　　"你还想不想看电影了！"陆屿初终于忍不住了。

　　顾盼打的什么鬼主意陆屿初一清二楚，还不是想着不拆石膏好让自己继续做苦力！

"哎呀，拆拆拆！"顾盼悻悻地将腿伸直摆在医生面前。

穿着白大褂的医生刚要下手，她又开口叮嘱："医生，你不要把签名割坏了……"

她腿上的石膏上有好几个签名，那是荆楚婕得知她终于要脱离残障人士队伍时，特意带着小八她们过来签的，就连陆屿初在被顾盼磨得没办法后也签了一个。

陆屿初眼尖，看医生有忍不住爆发的趋势，连忙三两步上前捂住顾盼的嘴："医生，你拆，她不会再说话了！"

……

"石膏虽然拆了，头两天还是不要下地，慢慢适应走路，不要负重，半个月以后再来复查一次……"医生好不容易拆完石膏，黑着脸叮嘱坐在病床上的女生。

顾盼指使着陆屿初抱上她的石膏，扶着他的胳膊站起来。

"谢谢医生。"陆屿初说，没好气地往顾盼脑袋上拍了一掌。

他们俩走后，医生将听诊器挂回脖子上，摇着头感叹："现在的小孩儿啊……唉！"

跟陆屿初约好下午一起去看电影，看的是荆楚婕大力推荐的《不能说的秘密》，据说是她偶像周杰伦自编自导自演的处女作。

和陆屿初单独看电影，也是第一次啊！直到买票的时候，顾盼还在恍恍惚惚地这样想着。

她趴在选座机上选了半天，终于选好了，然后将和自己生日数字相同的六排十五号的票根塞进陆屿初手中。

　　在陆屿初不解的视线中，顾盼有些不好意思，正要说点什么打破尴尬，她的右肩被人轻轻一拍，下意识地向右扭头，却没有看见人影，等她疑惑转过头来时，却被从左边冒出来的脑袋吓了一跳。

　　顾盼下意识挥掌将那颗龇着大白牙的脑袋拍开，达霖捂着脑门惨叫。

　　看到达霖，顾盼心里隐隐有些不好的预感，她皱着眉看向陆屿初等着他解释，可是陆屿初已经早早将视线挪向零食售卖点的电子屏幕。

　　"顾盼，你下次下手轻点。"达霖揉着额头。

　　"那就离我远点！"顾盼虎着脸凶巴巴道，心里的火焰咻地拔高，还夹杂着一丝想哭的难过。

　　顾盼情绪外露得十分明显，陆屿初也觉得很委屈，虽然他之前确实想过要不要喊上达霖，但一想起达霖对顾盼殷勤的样子，又觉得这货碍眼极了。可是当达霖问起他周末的安排时，他一没留意就说漏嘴了……

　　陆屿初看了眼围着顾盼像个小蜜蜂一样嗡嗡转的达霖，后悔极了，他怎么就说漏嘴了呢！

　　陆屿初买了最大桶的爆米花，凑到明显还在生闷气的顾盼身边，用肩膀推搡她："哎。"

　　"干吗？"顾盼还在生气，胸腔里就好像有一个在不断膨胀的气球，越胀越大……

　　"好吃的，给你。"陆屿初拎着爆米花桶伸到她面前。

顾盼没好气地一把夺过，陆屿初笑眯眯地问："不生气了吧？"

顾盼瞪了他一眼：对，我在生你的气，但是我不生爆米花的气——她想这么说。

"好香！见者有份哦！"达霖买完票过来，正好撞见。

"你问他啊。"顾盼抱着爆米花桶，一颗都不肯给。

达霖眼巴巴地看向陆屿初。陆屿初脸上看不出喜怒，他说："你是小孩子吗？还要家长给你买零食？"

达霖又看向顾盼。

陆屿初更不满意了，恶狠狠地瞪着他："你还要跟人家女生比？"

"走了，时间到了。"顾盼自顾自往检票口走去，摆明了不想理他们。

达霖抓抓头发，不明白自己又是哪里惹了这两位大爷。

检票口拍着长长的队，看来周杰伦的粉丝还真不少。

顾盼听到一个熟悉的声音——"麻烦把票给我一下。"

她从队伍中探出头，看到检票处站着的胖胖的女生，她惊讶道："骆淼？"

骆淼听到自己的名字，抬头就看到微微错出队伍的顾盼，她高兴地冲她笑，随即看到顾盼身后探出脑袋的达霖，赶紧慌慌张张又低下头去。

很快就轮到他们。

顾盼问："你怎么在这儿？"

"我帮我姨妈检票。"骆淼压低声音说,顾盼凑近了才听清。

顾盼没再多问,她检过票回身等陆屿初,恰好看到骆淼将检好的票递回给达霖,随着达霖一声谢谢,骆淼脸上忽地腾起一片红云。

顾盼隐约觉得有点不对,细想的同时,陆屿初挡在她面前:"在看什么?"

"啊?没什么……"

她被陆屿初轻推着,在即将过转角的时候扭头看检票处,只有骆淼微胖的背影。

好像刚才的一切都是错觉,都消失在了无声的脚步之中。

电影只有两小时不到,大约是周杰伦的视角太新潮,顾盼其实没有太看懂情节,粗略概括就是通过琴谱穿越时空而来的女主角在二十年后的时间轴里遇到了男主角,发生的一系列故事……

最后琴房里惊心动魄的一幕,还有男主角出现在教室后门这样留白式的结局,让顾盼当时心里轻轻地揪了一把。

幕布上此刻放映的镜头是一群学生正在拍毕业照,她的心却还落在那个没有结局的结局上。

"他们两个最后是在一起了吧!"顾盼扭头问坐在身边的陆屿初。

黑暗里,从幕布折射过来的光映上顾盼的侧脸,她的眼瞳诚挚而闪亮,陆屿初在那里面看见了自己。

他说:"当然。"

当片尾曲响起，影厅亮起淡黄色的顶灯，顾盼还在回味那几幕美如油画的场景：港风十足的山间小路、悠长的黑色公路、橙黄色建筑的屋顶、夕阳下跃着粼光的海平面、绿茵草地上一排高高伫立的风车发电机，缓慢转动的螺旋桨拥抱着从湛蓝清空呼啸而来的微风，穿过小路的自行车匀速向前，将一路的笑声传得又高又远……

"刚才那个风车的画面好漂亮……"顾盼跟着散场的人群缓缓走出影厅。

"那不是真正的风车，风车是那种用砖石砌成高高的磨坊屋，屋顶上安装着很大的四片风叶螺旋桨，那种在我眼里才是真正的风车……"

"你见过吗？"

陆屿初摇头："在地理书上见过，那是两千多年前用来提水灌溉、研磨谷物的古老建筑，一砖一瓦里都是岁月的倒影。主要在欧洲有，二十世纪初的时候，英国、希腊等地的乡村运用得很广。"

他边走边细细地说，走廊顶灯倒泻下来的灼灼光华倒灌进他的眼里，如同幽暗矿洞里未经开采的宝石，流泻出照亮山洞的微光，顾盼一时间被深深吸引。

昏黄的路灯穿过香樟树的树隙掉落在地上，形成不规则的橙色光晕，陆屿初踩着自行车，影子就像是树林里拍动翅膀划过的鸟。

"陆屿初，你有没有秘密？"顾盼坐在自行车后座，从陆屿初的口袋里掏出一颗棒棒糖，一边撕塑料纸一边装作漫不经心地问。

"当然有啊，每个人都有秘密，难道你没有吗？"

顾盼将棒棒糖塞进嘴里，含糊地问："那你的秘密是什么啊？"

"既然是秘密，怎么能够轻易告诉别人？"陆屿初笑，胸腔的震动通过肢体接触传到顾盼那儿，惹得顾盼一阵心慌。

"那我用我的秘密跟你交换？"顾盼试探性诱惑道。

"那……我考虑一下。"陆屿初沉吟半晌，道，"你先说。"

"我的秘密就是……"顾盼说到一半，停住了。

自行车踏板带动链条的"吱嘎"声不时地响起，荡起空气中细密的气泡，让陆屿初听得不真切，不确定是自己没有听到，还是顾盼并没有说。

"是什么啊？"陆屿初问。

陆屿初踏着踏板的脚不自主地放缓动作，心脏好像在那一瞬间开始加速运动，耳畔的风像是海边潮汐的涌动声，不知从哪一户的窗口传来一阵阵风铃声，在千万种或清晰或模糊虚实交换的声音里，他听到后座传来顾盼轻轻的、不着痕迹的，好像不仔细捕捉就要跟着风飘进黑暗里的声音。

她说："我喜欢你啊。"

风从树冠顶上滑落，找寻到跌落在两人肩膀上温暖的灯光，然后在下一次撞进黑暗的时候，将刚才轻轻说出的话带回昏暗的天空，藏进云里，杳无音信。

我喜欢你，这是个秘密；但是好像除了你，别人都知道。

Part 2
I will not change,
no matter U change

Chapter 7   / 这个世界上最懂她的人 /

"Ladies and Gentlemen, Our plane is descending now, Please be……"

机舱里骤然响起广播提示，顾盼从梦里惊醒，睁开眼看见玻璃窗上倒映的自己慌乱的脸。

飞机稳稳飞翔在几万尺的高空，窗外是比水还凉的黑夜，缓慢下落使得顾盼耳朵里有些不能适应嗡鸣，她向窗外看去，地面上灯光闪烁，就像是倒过来的天空中的星星。

梦没有做完，梦里的对话断裂在当初忐忑的心情里，她的手不自觉地按在胸口，那种悸动时至今日好像还有余震。

顾盼还记得那一幕，但是对于现在好像已经全无意义。

陆屿初最终没有告诉她他的秘密是什么，她后来也曾反复看过那部当年怎么也看不明白的《不能说的秘密》。

前几年，她在英国萨里郡一个叫作 Outwood 的小镇见到他曾描述的风车磨坊、黄色的草地、巨大的风车、孤独的木房子，和他当年描述的一模一样。

可是，看过再多电影，走过再多风景，身边却已经再也没有他。

身边传来小声而压抑的啜泣声，顾盼诧异转头，身边那个学生模样的女生盯着渐渐暗下去的屏幕，泪眼蒙眬。

顾盼从口袋里掏出纸巾，带着清淡花香递过去。

女生不好意思地接过，脸上有微微的酡红，她说："谢谢。"

"我看过这部电影，挺感人的。"顾盼难得贴心地想要化解她的尴尬。

女生眼里还有没散开的雾气，红着眼眶看她。

顾盼微微一笑，女生也咧了咧嘴角，用纸巾擦了擦眼角。

"他们最后是在一起了吗？"女生突然问。

好像平静海面突然跃起一尾银色的鱼，鱼鳞上镶满闪烁的碎钻，水面破碎的声音化成一道清脆的风铃响，狭窄的空间好像陡然空旷起来，她嗅到空气中有一丝秋风的萧瑟，还有一些虚虚实实的嘈杂人声，各种各样的声音交织在一起。

"当然。"

这两个字很轻，有些不真切，唯一实在的是鼻腔中酸涩的温度。

回到衡棉，顾盼做的第一件事就是把那套价值不菲的珠宝送去了公司旗下的门店。

她还在前台签单，从门口跑进来一个娃娃头女孩儿，看打扮也是这家门店的工作人员，一进来就钻进另外两个工作人员中间，趴在玻璃展柜上神秘又兴奋地说："哎哎，我跟你们说，刚才我去楼下吃饭，在二楼服装区看到一个贼帅的警官！"

"帅哥？长什么样？"

年纪相仿的女孩儿，帅哥是永恒的话题，接下来几个七嘴八舌的声音一起问："长什么样？"

"怎么形容呢，就是看起来就特别英武、一身正气的那种！和前段时间播的《古剑奇谭》里那个大师兄很像！"

"真的啊！那是我男神啊！好想去看看啊……"立马响起一声压抑着激动的尖叫。

娃娃头女孩儿眼睛亮晶晶的，继续说："你等会儿去啊，听说是冲着前几天服装区的连环盗窃案来的，我上来的时候他还在给楼下的店主讲解防贼防盗知识，估计还得好一阵。等会儿说不定顺便拜托他们也上来跟咱们区讲讲防盗窃，你说是吧！"

顾盼听着她们的讨论，哭笑不得地摇了摇头，正想出言提醒，娃娃头女孩儿突然说："对了，我刚才瞥到那个警官工作证，他名字特别有意思，谐音居然是讨人厌！哈哈！"

滑动的笔尖一顿，顾盼心里猛地"咯噔"一下。应该是巧合吧，她这么想着，接上没写完的笔画，强迫自己不要去听那边的对话。

"还有人叫这个名字啊！"

"对啊，陶渊明的陶，茌苒的茌，颜色的颜的左半边那个彦，陶茌彦。"

陶茌彦。

陶莅彦从服装区出来，将手里的签字笔收进前胸口袋，摸到金属扣冰凉的温度，让他心中一凛。

"彦哥，难怪局里同事都不乐意跟你一起出外勤，我今天算是见识到了……"今天和陶莅彦一起的是刚刚调来衡棉分局的小夏，在陶莅彦眼里就是刚出警校的愣头青，正跟在他身边碎碎念。

"为什么？"

"你没看到刚才那些女老板啊女客人啊都盯着你看呢！还有好几个找我要你的微信号的，我太受刺激了……"小夏蔫耷耷的。

"想什么呢？执勤呢！"陶莅彦攥着手里的黑皮记录本一把敲在小夏脑袋上，警帽都歪了。他还想教训他几句，身后一个声音叫住了他们。

"陶警官。"

陶莅彦转身，身后不远处一个女生背着手低头站在那儿，长发遮住大半张脸，看不清容貌。

小夏心里啧啧：又一个被彦哥颜值所折服的姑娘。彦哥一向是不喜欢处理这样的事情的，但是他作为人民公仆的礼貌不能少。

于是小夏赶紧几步上前，摆上如春风明媚的笑脸："你好，请问……"

"顾盼！"一声惊呼像平地而起的惊雷在小夏身后响起，小夏愣怔着转身，惊讶地看着原本面无表情的陶莅彦英俊的五官逐渐变成狂喜。

在陶莅彦陷入狂喜犹自驻足的时候，顾盼已经主动走上前，她轻笑："好久不见，讨人厌。"

　　下一秒，顾盼只觉眼前一花，然后一阵很大的力气将她紧紧按在了一个心脏正剧烈跳动的怀抱里。

　　"顾盼，你还知道回来！"

　　真的……好久不见。

　　其实，顾盼也设想过无数个与故人相见的画面，每每她都像一个铩羽而归的懦弱骑士，不到散场就灰溜溜地逃离；或像个小可怜，躲在不引人注意的角落里，偷偷避开他们的视线。

　　类似这样的场景，她想象了许多……

　　毕竟她当初就是这样躲着藏着，与勒川、与他们作了最后的告别……

　　然而当真实遇见，顾盼发现她竟然可以如此平静，像是森林深处的湖泊，哪怕长风过境，也没有一丝涟漪。唯有风吹过黑暗山谷回荡出的嗡响，就像是叩击一扇沉重的木门发出的咚咚声，带着远道而来的记忆。

　　简单寒暄后，陶茬彦赶走想要凑一份的小夏，他们找了一家咖啡厅，面对面坐下。忽然间，顾盼好像失去了理性交谈的能力，两个人就像在同一条流水线上生产出来的机器人，看着对方就像另一个自己，诡异地同时避开了曾经，自说自话。

　　"什么时候来的衡棉？"

　　"去年。"她笼统地说了个大概的时间。

场面就这么沉默下来，顾盼想起高一的时候，和陶茬彦分到了一个班级，刚开学每个人都要上台自我介绍，唯独陶茬彦特别。

那时候他拽里吧唧地上了讲台，一手抄兜只说了一句"我叫陶茬彦"就下了讲台，好像偶然路过走个过场。

除了打架的时候，他向来是个不会说话寡言鲜语的笨拙人，荆楚婕总说："他把一整天的话都攒到了你面前来说了。"

又是回忆，回忆好像是一件织了很久的毛衣，不小心挂到一小个线头，不需要怎么用力，就能轻而易举地抽丝离析。

说点什么吧，控制住自己的胡思乱想，顾盼想。

"没想到你竟然会当警察……"顾盼的笑容有些感慨，昔日令人退避三舍的校园老大，竟然做了人民公仆。

真是一个蹩脚的玩笑。

"是啊，人生啊，不走到那一刻你永远不知道它究竟会是什么模样……"陶茬彦跟着发出一声意味不明的嗤笑，脸颊上因为这个强装出来的笑脸，旋出两个孩子气的酒窝。

"老气横秋的样子可不像你啊！"不知道是他言语里的感伤，还是他脸上满不在乎的表情，顾盼的心里好像被生生扎进一根刺，像极了小时候被捉住打针，尖锐的针头带着冰凉的寒气扎进皮肉的那种恐慌。

你根本不知道那是什么时候开始，他们都开始改变，在彼此看不到的时光里。

分别的时候，两人站在咖啡厅外的玻璃橱窗边，路边偶尔有汽车卷着冷风呼啸而过，顾盼冷得一缩脖子。

似乎没有什么可以说的了，沉默着站了许久的陶莅彦忽然说："对了，你要不要回勒川看看？"

顾盼低着头静静站着，她心里明白，之前所有的寒暄，都只是为接下来他要说出的事情做开场白。

"一月份荆楚婕就要结婚了。"陶莅彦眼睛不自觉地别开，他拿不准在顾盼心里，勒川这个地方在现在的她心里究竟还有几分重量。

"哦？"

这是什么反应？陶莅彦从制服裤兜里摸出一包烟，抽出一根点上。"啪嗒"一声，顾盼的眼神跟着他指尖那一点猩红的火星游离。

"大冬天的办婚礼，真是服了她了。"

听她说这话，陶莅彦一直悬着的心像是终于有了着落，轻轻呼了一口气。

"荆楚婕曾经拜托我，如果见到你，让我帮她跟你说一声对不起。"他因为衔着烟卷，声音有些瓮瓮的。

隔着朦胧的烟雾，陶莅彦看不清她的表情，她半眯着的眼好像也在有意识地隔绝外来的探视。

无论面上装得多么云淡风轻，但不得不承认，骤然提起这个名字，顾盼不可控制地还是会内心颤抖。

顾盼曾经以为，这个世界上最懂得她的人就是荆楚婕。

荆楚婕会帮她递情书，帮她在老师面前打掩护，一边骂着她情商低一边帮她出谋划策，在她还不那么坚强以及羞怯难堪的时候粗暴地挥开围观的人群，蹲在她的面前一声不吭地等着她缓过来……她是不论如何都会相信她、支持她的那种人。

曾经的顾盼，是这样以为的。就像曾经的她相信，荆楚婕无论如何都会想尽办法和陶荏彦在一起。而顾盼也曾答应过，在他们的婚礼上做为她托裙摆、献上诚挚祝福的伴娘……

在那时候顾盼的认知中，这些就像是一辆匀速行驶的列车，在将来的某一天终将实现。

她深信不疑。

但是，她忘了，人心同样也是那么难测。当雪崩发生的时候，每一片雪花都认为自己是无辜的。

顾盼终于坐上了回勒川的火车。

当她从出站口出来，脚下真真实实地踩上勒川的土地。天空中不知道什么时候开始飘起了雪花，她好像听见来自黑色泥土中发出的满足的喟叹。

勒川是个少雪的地方，即便是冬天也只是寥寥下几天冰粒，很少见到那种童话故事中的鹅毛大雪。顾盼只记得在2007年的冬季，下了一场很大的雪，连着好几个月的寒潮让整个华南地区持续低温，导致罕见的长时间大范围低温雨雪冰冻天气，在次年的一月份，酝酿成了一场百年难得一遇的雪灾。

顾盼经历的第二场鹅毛大雪，是在英国的第一年冬天。她站在车马不歇的街头无声地仰起头，大睁着眼睛看着天空中飘扬的雪片离自己越来越近，看着它们像是远道而来的困倦旅人，摇摇晃晃找不到方向，伴随着她的心一起不断下沉，跌落进了渐次滋生的孤独里。

现在，她已经不会像第一次看见雪那样激动，可是每次都还是会看着飘落的雪出神。

然后身不由己地陷入第一场雪的回忆里。

Chapter 8　　/陆屿初他真的生气了/

时间就像是教室外墙上缓慢攀缘的爬山虎，簇拥着苍翠的新叶，老旧的根茎一点一点长出粗糙的外皮。日子就这样在不知不觉中过去，回过头来却又能够看到痕迹。

今天是平安夜，女生之间流传着一个关于平安夜的传说：在平安夜前集齐 24 个一角硬币去买"平安"果，然后送给自己喜欢的人就能够得到真爱。

女生们总是热衷于勤勤恳恳地去将浪漫的传说统统实践一遍，哪怕它们看起来那么荒唐，但是她们虔诚得像是忠实的信徒。

顾盼当然不能免俗。

她站在走廊上，半张脸埋在高领白色毛衣里，靠在栏杆上望向教室角落里趴在桌上睡觉的陆屿初，微微一错眼就看到自己抽屉里那颗用塑料纸包裹的红色苹果。

该怎么给他呢？顾盼想着心里就烦躁起来，手指无意识地揪着袖口的小毛球。

　　"下雪啦！"

　　走廊上突然爆出的声音像是一个指令，越来越多的人攀在走廊的栏杆上，拥挤在狭窄的走廊，朝天空仰望。

　　勒川是个少雪的地方，很多人都没见过从天空中飘落下来的大片雪花，走廊上响起一片啧啧的赞叹声。

　　顾盼也转过身，灰色的天空中雪片洋洋洒洒飘落着，轻盈得像是一直在天空中惊了的白羽鸟，纷纷扬扬飘落的是它翅膀上白色的翎羽，又像是吹落的满树梨花瓣，或是旷野里随风飘扬的芦花，零零落落。

　　顾盼像走廊上的许多人一样，朝空中伸长了手臂。晃晃悠悠的雪花飘至她的掌心，她收回手掌，手心里躺着的由一颗颗白色冰晶聚集在一起的雪片，很快就融化了。

　　顾盼多么希望陆屿初也看到这样的美景，她回头，陆屿初还是安稳地伏在桌上。

　　入冬以来，陆屿初彻底进入冬眠期，一天三分之二的时间都在睡觉，即使没有趴在桌上，也是迷迷瞪瞪眯着眼打盹，你和他说话，他要反应半天才会困倦地眯着眼给你答复，多半也是答非所问。

　　顾盼轻手轻脚地绕过凳子，站在他身边，将头埋在胳膊肘里的陆屿初脸上带着红。顾盼伸出食指慢慢地靠近，冰凉的指尖瞬间被他呼吸间潮湿的热气缠上，然后顺着指间慢慢地爬上心脏。

　　鬼使神差地，顾盼弯下了腰，很容易就嗅到他身上好闻的青木香，还有一丝被他体温烘干的干净的洗衣粉味。

他安静沉睡的模样温柔得就像落日的余晖，顾盼听到脑海里有一个声音一直在催促着自己——靠近一点，再近一点。

陆屿初精致的侧脸牢牢地映在顾盼的视网膜上，衬着外面慢慢细密起来的雪花，美好得如同幻境。靠得这样近，却那么不真实。

"陆屿初……"她在心里徘徊半晌，轻声呢喃出他的名字。

如果陆屿初此刻醒来，一定可以看见她嘴角足以将人溺毙的温柔，还有她眼睛里汹涌混沌的雾，底下是像海潮一样涌动的欢喜。

"陆屿初……"顾盼也不明白自己想做什么，着魔般一遍一遍念着他的名字，"陆屿初。"

像是在回应她的呼唤，陆屿初的睫毛颤动，就像是蝴蝶扇动坚韧的翅膀，缓缓睁开。

顾盼一惊，还没来得及等她动作，就看到他带着倦意的茫然的眼，随即是突如其来的一怔，然后受惊般一跃而起……

陆屿初睁眼就看见近在咫尺的顾盼，确实有一瞬间的惊讶，跃起的那一下后脑不知道撞到了哪里，还没来得及痛呼出声，就听到眼前的顾盼一声惊叫，抬头，只见她捂着下巴向后倒去，他本能地伸手去抓。

班上人多，课桌摆得满满当当，陆屿初触碰到顾盼的指尖，满以为能拉住她，没想到自己被地上的椅子绊到，站立不稳，整个人随着顾盼倒下的方向压了下去……

……

　　第一次牵他的手、第一次真实感受到他手心的温度，像是夏日里在树荫下透过指缝仰望太阳，斑驳的炫目光点不停随着眼皮的开阖变换形状，带着树木清香的、暖洋洋的光照在肌肤上，好像稍微收拢指尖就能够把它们都握在手心里。

　　顾盼还没有来得及细细体味这感觉，就感觉嘴唇上一阵刺痛，有坚硬的东西磕在她牙齿上，疼得她闭上了眼睛。

　　他们卡在两张桌子中间，老旧的桌子显然承受不住两个人的"兵荒马乱"，带着沉闷的"吱嘎"声被推向一边，桌面上摞得整齐的书堆一歪，滑落下来砸在地上，灰尘四起。

　　等刺痛散开，顾盼感受到唇上柔软的触感，睁开眼睛，陆屿初受惊过度的脸就这样在自己的面前无限放大。

　　两个人都愣住了。

　　陆屿初看着顾盼瞪大的不停收缩的瞳孔，率先反应过来，手忙脚乱地支起胳膊坐起来，挠着头不知道下一步该怎么做，他瞥见顾盼嘴角有一丝红色沁出，刚准备道个歉，忽然一股强硬的力道将他从地面上拉了起来。

　　回头，是陶苤彦盛怒的脸。

　　陶苤彦在下雪的第一时间就往楼上跑，他突然有种想见顾盼的迫切冲动，还没等想明白，已经几个跨步来到顾盼班上的后门。

　　可是眼前的一幕却让他生生止住了脚步：顾盼弯着腰凝视着睡觉的陆屿初，那眼神是他从未看过的温柔和欢喜，而下一秒随着陆屿初醒来，两声短促的惊呼后他们俩一起摔在了地上，等他跑过去时，正好看到陆屿初压在顾盼身上，他们嘴唇相触……

陶茬彦像一头暴怒的野兽，上前揪着陆屿初的衣领将陆屿初压在教室后墙上，他拳头紧握，指关节发出可怕的声响，他咬牙切齿地骂着："王八蛋！"

那些震怒都化成了力量，一拳打在陆屿初的脸颊上。

"啊——"

教室里响起的尖叫声，将还在愣怔中的顾盼惊醒，她迅速爬起来，就看到两个纠缠在一起的人。

她跑过去，试图将扭打在一起的两个人拉开："住手！"

他们俩谁都没有理她，当顾盼再一次不知被他们中的谁推开时，才意识到男女之间力量上的差距，更别提现在她面对的是被气愤和冲动冲昏头的两个少年。

"王八蛋，王八蛋……陆屿初你真是该死！"陶茬彦口不择言地咒骂。陆屿初一直冷着脸，咬肌处绷得紧紧的，两个人你来我往互不相容。

顾盼大口地喘着气，瞥见身边围观的男生，立刻喊："看什么看！赶紧把他们拉开！"

上去好几个男生才终于分开缠斗中的两人，被拉扯开的陶茬彦还不停地向前踹试图挣扎开，同时恐吓两个架住他胳膊的人："给老子松开没听见吗？"

"你想干什么？"顾盼挡在陶茬彦面前，怒视着他。一言不合就开打，他是被冻疯了吗？！

　　陶莅彦停止挣扎，眼神带着火盯着比自己矮一个头的顾盼，胸膛随着粗重的呼吸剧烈起伏。

　　"你给我出来！"顾盼一把揪住他的手腕将他拖出教室。

　　陶莅彦一边随着顾盼的拉扯跟跟跄跄地走，一边伸手指着陆屿初："小子，你给我等着！"

　　楼梯拐角，三三两两的学生都下意识地避开了这个角落。

　　顾盼一直强压着的情绪一触即发："陶莅彦你是不是有病啊？专门跑我教室打架？爽吗？威风吗？"

　　"对！我是有病！"陶莅彦喘着粗气站在墙角，像一头困兽一样来回踱步，"我就是看那小子不爽怎么了？"

　　"你真是……幼不幼稚啊？"顾盼简直要气疯了。

　　"你到底看上那小子什么了？要什么没什么，打起架来也跟个软蛋一样……"陶莅彦一直知道顾盼喜欢陆屿初，他也知道一直都是顾盼一头热，但是刚才教室里那一幕不断在脑海里回放提醒他，好像有些东西在不知不觉的时候悄无声息地改变了，而这种变化令他想想都心惊。

　　顾盼瞥了眼用拇指用力揉着下颌的陶莅彦，她记得刚才他的下颌被陆屿初打了一拳，估计现在又是在死鸭子嘴硬。

　　陶莅彦当作没看见她的白眼，"啧"一声后扳过顾盼的肩膀："你清醒一点！何必上赶着去讨好那小子？他根本就不喜欢你，你百般讨好，他也没放在眼里！你怎么就吊死在这棵树上不肯下来呢？明知道前头是个死胡同，干吗非往里头撞啊？他到底哪点好啊？你告诉我啊！我到底……"

顾盼被他一口一个不喜欢吼得心凉，不等他说完，面色一冷一把甩开他的手："你有病啊！我喜欢谁是我的事，我上赶着对谁好、他领不领情碍不着任何人，我就愿意在他这棵树上吊死，除非他陆屿初开口让我滚下去，否则谁都别想把我掰扯下来！"她喘了喘气，迎着陶茬彦略伤痛的目光，继续道，"我很感谢你这些年护着我，但是你真管得太多了。"

她眼睛里有一种像海岸礁石一般顽固的坚持，陶茬彦居高临下地看着，竟然就这样失了神。

直到顾盼转身离开，他站在原地看着她背影消失的地方，一只手恨恨捶向墙壁。

教室的角落一片狼藉，骆淼望了望教室后头，自顾盼和陶茬彦拉拉扯扯离开后，原本以为闹剧已经平息的人，都被陆屿初踹倒桌子的巨大声响吓了一跳。

骆淼从高一就和陆屿初在同一个班，在她印象里，陆屿初吊儿郎当、玩世不恭，最常有的表情就是挑起嘴角和眉梢轻飘飘懒洋洋的样子，这种不羁让一众小女生痴迷，但是也惹怒了不少看不惯他这样吊儿郎当的老师。而现在，他双手抱头坐在顾盼的座位上，瘦削却宽阔的肩胛骨高高耸起，看不到表情。

一阵静默后，他弯下腰把顾盼的课桌扶起来，桌子里的苹果跟着骨碌碌滚动。他蹲在地上机械地捡起散落的书本，动作缓慢地拍去上面的灰尘。

顾盼回到教室的时候，陆屿初已经趴回了自己的课桌。她径直走过去，陆屿初的同桌非常识相地起来，然后坐在了顾盼的座位上。

陆屿初头埋在胳膊肘里，他感觉到同桌的动静，但是他懒得计较，他现在需要弄清楚心中那股莫名的情绪是怎么回事。

"陆屿初？"

顾盼很喜欢连名带姓地叫他，她把每个字都咬得清晰，组合在一起就像是一首音乐里朗朗上口的一截音轨。陆屿初紧绷着的眉角忽然就松开了。

他感觉到一双手轻轻地推了推自己的肩膀，陆屿初不想理会，但是脑袋却慢慢地转了过去。

他们从小一起长大，顾盼能够通过他的表情猜测他的情绪，而现在，她仔细地看清楚了——陆屿初他真的生气了。

在她的印象里，陆屿初真的生气只有两次：一次是她小时候被人欺负，他帮她出头；一次是初中莫名其妙和她划清界限之前……

每一次他的表情就像现在这样，冷着脸，没有一丝温度地看着你，刀子般的眼神笔直从你的眼睛扎进你的心脏……

虽然顾盼平时看起来大大咧咧，但是真遇到这样的陆屿初，她还是很害怕的，虽然前一次他生气她不知道为什么，但是也一直没敢再问，这一次又是为什么呢？和陶苤彦打架没占便宜？因为她不小心亲到了他？

　　她不敢再想下去，一瞬间心跳不止。

　　"对不起……"

　　"为什么对不起？"他扭过头去，不想承认看到她小心翼翼的样子其实他心里十分难受，听到她道歉，让他生出一种不如再和陶荏彦打一架的冲动；更难受的是，他在她道歉的那一瞬，脑海里不能自已地猜测，她是在替陶荏彦道歉吗？

　　就在他的胡思乱想朝着越来越离谱的方向展开的时候，他没有看到因为看到他扭头抗拒的动作，顾盼的眼神瞬间黯淡下来。

　　为什么道歉？顾盼也不知道为什么。

　　"为了你不开心的事情……所有……你不开心的事情。"她说得犹豫而又郑重。

　　很神奇的是，陆屿初心上那片乌云，在这一瞬逐渐云开雾散。

　　看着顾盼被歉疚还有难过憋得像便秘一样的脸，陆屿初在心里摇头叹气拿她没办法。

　　"你不用道歉，不关你的事。"的确，确实不算她的过错。

　　"哦。"隔了很久，她才抬起头来，视线落在他嘴角的乌青，"你疼吗？"

　　陆屿初抬手摸摸嘴角，摇了摇头，顾盼这时候注意到他的手背关节处有好几处擦破了皮，她本能地伸手捏住他的手。

　　顾盼的手很凉，凉得陆屿初一缩，好在顾盼没有计较，旋身就在陆屿初的书包里翻找起来。她记得陆屿初书包里一直有一个医药包，在好几次她打架受伤之后，他会将各种药砸在她桌面上。

果然，顾盼摸出一瓶碘酒一把棉签，陆屿初老实地把右手伸过去。

黄棕色的液体在手背上晕开，顾盼低下头轻轻吹干。陆屿初感觉有些痒，好笑地看着她的发顶，大概是垂落的发丝挠到了她的脸，她用空出来的手把脸颊旁的碎发别到耳后，侧脸一下就清晰起来。

陆屿初定定地看着她光洁的额头、微翘的睫毛，秀气的鼻梁挺直成一个好看的弧度，还有因为吹气微微嘟起来的淡粉色的唇，唇角的一处还微微发红发肿……

就在不久之前，他不小心亲在她那里。那个意外的却让他心悸的吻，带着点铁锈的甜咸。

那些因为陶苙彦的插入而被打乱的尴尬情绪又翩然造访，陆屿初左手攥拳不自觉地靠近嘴边，那里似乎还留存着微凉的柔软的触感，心跳忽然就乱了。

他在心底无声地叫着一个名字：顾盼……

就像是伫立在森林中的白色教堂里又传出的礼赞，陆屿初此刻心底不自觉泛起温柔的涟漪，霎时柔软得一塌糊涂。

已是下午，顾盼愁苦着一张脸，恨恨地瞪着陆屿初的桌肚。陆屿初刚刚被人叫去了办公室，所以顾盼只要随意一瞟，就能看见他的桌肚里有包装得花里胡哨的苹果。

这才一个中午，就有没眼色的人想要乘虚而入？顾盼恨恨地想，她的苹果还没送呢！凭什么容许被别人捷足先登！

身随意动，顾盼从座位上站起来，隔着自己的课桌就去掏他桌肚里的苹果。

1个、2个、3个……

靠在墙上盯着一桌的苹果一个个数过去，顾盼又有些发愁——该怎么处理这些苹果呢？

她手指在桌面上一下一下地开始算计起来，眼神往同桌身上瞥去。她这个同桌从刚才自己掏苹果的时候就一直在这里，万一让他给捅出去她"偷"苹果的事……

她敲了敲同桌的桌面，努努嘴："挑一个。"

她说话实在是平静又温和，但是同桌诚惶诚恐的反应的确让顾盼有些摸不着头脑。

看到他老老实实拿了个离他最近的苹果，顾盼满意极了，压低声音恐吓："苹果也拿了，说出去你就完了。"

等顾盼拎着一手苹果散财童子一样把苹果分给荆楚婕她们后，回到教室远远地就看到自己桌面上端端正正地摆着一个苹果。

陆屿初的座位上还是空的。

"陆屿初还没回来？"她问同桌。

同桌拨浪鼓似的摇头，顾盼心底有些小失落。

"这谁放的？"她指着苹果问，同桌继续摇头。

顾盼拿起苹果端详，抬起头向四周望去，她的视线迅速地捕捉到教室前头仓皇转头的背影，骆淼？她疑惑地向那个绷紧脊背的女生走去。

"这是你放我桌上的？"

骆淼本就涨红的脸在听到顾盼的问话后更是红得厉害，她双手局促地紧紧绞在一起。

顾盼看她紧张的样子，以为她是不好意思，笑了笑从校服口袋里摸出一个苹果递给她。

骆淼不明所以地抬头看顾盼，顾盼扬了扬手，手里握着的是刚才摆在桌上的苹果："谢啦。平安夜快乐。"

骆淼眼睛一眨不眨地看着她往教室后头走去的背影，想起刚才达霖鬼鬼祟祟将苹果摆在她的桌上，不小心放歪了还郑重其事摆正的场景。

也只有顾盼这样的女生，才值得被那么好的人喜欢吧，而自己……

她低下头看着自己臃肿笨重的身材，眼神里闪闪烁烁的光彩一瞬间偃旗息鼓。

她忽然觉得自己就像是一个可耻的小偷。

Chapter 9   /陆屿初，我好怕/

陆屿初在上课铃声响起的时候才臭着一张脸回到了教室。陆一言不知道怎么得知陆屿初打架的消息，照例把他传唤到办公室劈头盖脸地狠狠骂了一顿。

放学时，下了一整天的雪终于停了，教室里的人已经走得七七八八，逐渐安静下来。陆屿初揉揉眼睛，还是一副没有睡醒的样子，伸着懒腰不知道触动了哪一块的关节，"咔咔"响了两声。

"一天天真是累啊。"他感叹道。他以为顾盼会照例酸他几句，但是身后安静得不像话，窸窸窣窣收拾东西的动作也停了下来。

他浑身像是没有骨头一样靠在墙上，扭头望了眼后桌，顾盼一动不动站在座位上侧着脸望着窗外。

陆屿初顺着她的视线看过去，目之所及都是灰蒙蒙的一片，就像是天空已经把所有的白色都撒在人间，自己只剩下灰色。

陆屿初从桌肚里拖出背包，他没收拾东西，背包从早上来到现在都是原封不动地躺在桌肚里。他站起来顺手甩在肩上，像是自言自语般说："有什么好看的，走了……"说着路过顾盼的时候，空出来的手一把揪住顾盼垂在脑后的马尾辫，就要向外走去。

"啊——"顾盼头皮一紧，被他拽得向后倒退好几步，一手捂着脑后，扭头怒瞪陆屿初，"你松手！"

"赶紧回家了，我都饿死了。"

顾盼的眼睛因为这句话亮了亮，她刚才发呆的时候一直在苦恼，因为一整天了她都没有找到合适的理由把给陆屿初的苹果送出去！

"你松手松手！我东西还没拿！"顾盼弯下腰，试图挣脱陆屿初抓着她头发的手，好在他在她弯腰时就松开了。

"你很麻烦啊！你回家又不做作业，还收拾什么东西啊！"陆屿初看着顾盼刺溜一下坐回座位上，背对着自己从桌子里掏出个什么，神神秘秘地又塞进背包里。

顾盼走到他身边，表情有些奇怪，支支吾吾后又什么都没说。

"你刚才拿了什么？神神秘秘的……"

"没什么。"

"给我看看……"

"你走开。"

"看看又不会少块肉！"

"不给不给不给！"

"顾盼你怎么这么小气啊……"

"就小气就小气！"

　　……

　　因为天气越来越冷，陆屿初半个月前就不再骑自行车，两人走路回家，一路上不停斗嘴，你来我往互不相让。

　　地上已经有好几厘米的积雪，踩上去松松软软，每一步都伴随着轻微的"嘎吱"声。

　　顾盼又一个趔趄差点摔倒，还好陆屿初眼疾手快再次抓住了她。

　　顾盼的鞋带不知道怎么松开了，这一路上都不知道被绊了几次，可是那小懒货只是随意低头看看，提起脚甩了甩，只要不踩到就又继续往前走，就这样不断踩到鞋带几次差点绊倒，但就是懒得弯腰去系一下。

　　陆屿初看不下去了，终于皱眉提醒道："顾盼你把你鞋带系好嘛……"

　　果然，听到他的话，顾盼弯下腰抬抬脚，右脚的鞋带上拖着一层积雪，陆屿初就眼睁睁地看着她甩甩脚，鞋带极灵巧地被她甩到一边，做完这一切，抬头用一种安抚不讲道理的小孩儿的语气对他说："这样可以了吧？"语气无限包容，陆屿初简直要气结。

　　"你弯腰系个鞋带能把你累死还是怎么的？非要摔一跤你才知道疼是吧？"

　　"这么冷我不想伸手，就这样随它吧，我不会踩到，别啰唆了，赶紧走吧。"顾盼缩缩脖子就要往前走，走了几步却发现陆屿初没有跟上来。

　　她缩着脖子回头，陆屿初站在原地一副恨不得掐死她的样子，顾盼愣了一下，眨眨眼讨好地嘿嘿一笑。

　　看惯了她这没脸没皮的样子，陆屿初觉得气不知往哪儿发泄，他看着她被浸湿的已经发灰的鞋带，眉间的隆起越来越高。

　　有冰凉的风贴着地面刮过，陆屿初毫无预兆地几步跟上来在她面前蹲下，顾盼下意识一缩脚，陆屿初抬起头来喝了声："别动！"

　　顾盼真的不动了，她低头盯着那个后脑勺，看着缠绕在他指尖的鞋带就像是一条灵巧的蛇，绕来绕去变成了一个漂亮的蝴蝶结，乖巧地待在鞋面，心里有一处像被熨斗熨过一般瞬间软塌下来。

　　陆屿初站起身，满意地看了一眼自己打的蝴蝶结，然后甩着书包继续往前走，看那傻货还低着头看鞋带，带着忍不住的笑意喊道："你还傻站着干吗？回家吃饭了！"

　　顾盼闻声扭头，看着前方眼角眉梢都带着笑意的少年，胸口突如其来地发紧，冰凉的空气像是掺杂了一些别的什么窜进她的肺里，积聚在胸口就像是溃堤前湍急的水，汹涌异常。

　　少年已经转身，顾盼抬脚跟上，一路小跑踩出一段凌乱的脚步，臃肿的外套蹭到花坛里交错的灌木，摇下砂糖一样簌簌的雪花。

　　一路上，顾盼都保持着傻笑的表情，她觉得自己背上如果有一双翅膀，那她脚步交错的空当都已经能够飞起来了。

　　"你在穷高兴什么，傻兮兮的。"陆屿初睨视着身边蹦蹦跳跳的人，在她目光投过来的瞬间摆上嫌弃极了的表情。

　　顾盼翘着嘴哼了一声没跟他计较，眼看他已经在掏钥匙开门，连忙伸手进背包摸出在包里待了一天的"平安果"，这时候这颗冰凉的果子被她握在手里，却像是个烫手山芋。

她一把攥住陆屿初的衣服，匆忙将"平安果"塞过去，支吾着："呃……这个给你，晚上 12 点 24 分的时候吃！"

陆屿初一手保持扶着钥匙插进锁眼的动作，低头望着另一只手里包装得华丽丽的苹果，有些傻眼："什么？"

"没有毒，啊不是，就是个苹果，给你你就拿着……要在 12 点 24 吃，不要忘了，记得吃……"顾盼说得杂乱无章，东一句西一句，呼吸间都是尴尬。

陆屿初还是一副"你怎么了？你没病吧？"的愣怔表情。

顾盼觉得窘迫极了，忽然心底就生出一股莫名的愤愤，她迅速打开家门，丢下一句"明天见"就窜了进去，没两秒她家门又打开了，她探出一张脸，强调："记得准时吃！"

陆屿初望着那扇开开关关的门，觉得奇怪极了，现在吃苹果还要算良辰吉日？

顾盼靠在门板上，直到对门传来关门声，才舒了一口气。

"回来了啊？"顾美琤从卧室探了个头出来。

顾盼一愣："妈？你什么时候回来的？"

"刚到。"

"外公怎么样？"

"医生说癌细胞已经转移，手术已经没有意义了，老人家身体也禁不住化疗，中医药治疗……年关的时候还要过去陪老人家过年，也不知道还能平平安安过几个年，多过一个是一个吧……"顾美珞的情绪十分平静，难得的平静。她一边说一边不停地穿梭在房间里，就像是一只翩翩起舞的蝴蝶。

"哦。"顾盼应了一声就要转身进自己房间，她不知道该说什么，甚至不知道该怎么安慰母亲，对于生命和灾病，人类总是那么无能为力。

"对了，小盼，等一下……"顾美珞叫住她。

顾盼回头，顾美珞坐在床上，手上叠着一件羽绒服，她的指尖在光滑的面料上摩擦，发出清脆的"嚓嚓"声。

顾盼立在原地静静等候。

"盼盼，妈妈要结婚了……"

陆屿初刚洗完澡出来，短发濡湿挂着水滴，他抓起脖子上搭着的一块灰色毛巾随意擦了两下。

"屿初，苹果在哪里买的？还挺甜的，明天再多买几个回来……"陆一言说。

"苹果？"陆屿初心里有些不太好的预感。

"你放在茶几上的那个，包得还挺好看的……"

陆屿初擦头发的手一顿，下意识往客厅跑去，茶几上只有皱巴巴的塑料纸和一朵俗气的塑料拉花。

"谁让你随便动我东西了！"他三步两步冲到陆一言面前，一把夺过陆一言手里已经被啃了三分之一的苹果。

他的怒意来得突然，陆一言被吓了一跳。

"臭小子，你从小到大吃老子的苹果还少了？我就吃你一个怎么了！"陆一言被这浑蛋小子气得差点爆血管。

陆屿初脸色涨红，似乎也意识到自己过激的反应，低下头轻轻说了一句"对不起"随即走进厨房。一阵哗啦啦的水声后，他出来的时候手上多了一颗苹果，闷着头一把塞进陆一言手里，皱着眉甩了甩之前抢过来的被啃过的苹果，进了自己房间。

陆一言看了眼手上的苹果，又望了望陆屿初的房间，正想发作，却见陆屿初又开门出来，抓起茶几上那团皱巴巴的塑料纸，又回了卧室。

"嘭"的一声摔门声后，客厅里归于寂静。

"嘿，这臭小子，又发什么神经！"

陆屿初将那张塑料纸在桌面上一点点展平，透明的塑料纸上遍布着一种玻璃即将碎裂的裂纹，就像纵横的沟壑，陆屿初有些恼火地把它挪到一摞书下，心里烦躁不已，手上动作却小心翼翼。

他拿起放在一边的苹果，苹果一面是凹凸不平的咬痕，已经开始氧化发黄。

他看了眼挂钟，才八点多，莫名就想起顾盼从门后探出头来时脸上的殷切表情。

要是让顾盼知道，又要缠着他念他不讲信用什么的……陆屿初这么想着就有些烦躁，挠了挠还有些潮湿的头发。

"这可不能怪我，都是那个臭老头，你要找就去找他啊……"说着，他开始啃那剩下的半边苹果。

窗外是漆黑的夜，顾盼在同样漆黑的房间里，向外望见一片白茫茫的大地，天空中不知什么时候又开始飘起簌簌的雪。

雨落在地上，会发出声响；而雪来的时候，这个世界都格外安静。

顾盼的脑海里不断地响起顾美琼的话——

"多亏他联系了北京那边的医生，你外公现在情况才好了些……听他说他们家也有一个女儿，比你小几个月，但是好像身体不太好，得了一种叫作什么过度呼吸的病，到时候过去那边你们要好好相处，还有，你千万不要给我还有你唐叔叔惹麻烦！熬了这么多年，好不容易终于可以过上点好日子……"

妈妈要嫁人了，是不是自己也要跟着她离开勒川了呢？

她倒在床上，稍稍偏过头就看到从陆屿初的房间里投射出来的灯光，她保持那个姿势一直看着，直到睡意来袭，那抹暖黄色灯光渐渐消失在无边无际的黑暗里。

年关马上就到了，周围的年味也随着日子的推移越来越重。

顾盼跟着陆屿初去过一次市场购买年货，在大大小小的摊位上听见老板在她背后指指点点，谈论的都是顾美琼找了个有钱人做老公，从那天以后顾盼就整天待在家里不愿意出门。

"阿顾，听说你妈妈马上就要嫁人了啊？"荆楚婕在电话那头犹豫半天，终于忍不住问。

"嗯。"顾盼抓着电话望了眼房门紧闭的顾美琼的卧室，应了声。

"哦，"荆楚婕恹恹的，"那你是不是要去你新爸爸那边了？

我以后是不是看不到你了？"

"我也不知道，应该是这样吧。"她靠着墙慢慢坐下来，手指头在电话线上绕了一圈又一圈，手指上被勒出一块块规整的长条形。

"可是……我不想和你分开，说好了一辈子做朋友，你怎么能自己先走了……"荆楚婕的情绪很低。

顾盼像是感染到从电话那头传递过来的情绪，将头深深地埋进膝盖里。她想说点什么，随便什么都好，只要能打破这让人窒息的沉默，但是她的喉头哽咽，一个字都说不出来。

她觉得身体深处有根隐秘的神经传来一阵锐利的痛感。

电话那头荆楚婕还在唏嘘着，玄关处响起一阵敲门声。

"我先不跟你说了……"就像是被解救一般，顾盼匆匆挂断电话。

打开门，陆屿初靠在门框上，顾盼抬起头就撞上他定定的眼神。刚才荆楚婕在耳边说的话好像还残留在耳郭——我以后是不是看不见你了啊。

陆屿初，我以后是不是看不到你了啊？

有泪水潮水般从她心头涌上，顾盼只觉溺水般难受，但是她却好像什么都不能做，就像一个不会游泳又没有救援的人，等待水没过头顶的那一刻。

陆屿初的声音从头顶倾泻而下："顾盼，你面子可真大，吃饭还要请啊！"

他说话的语气一如往日的流痞慵懒，传入顾盼的耳朵里却犹如隔了千山万水。

顾美琗不在家的时候，顾盼都是上陆屿初家吃饭，几乎都已经是约定俗成的习惯了。

陆屿初木着一张脸直视顾盼，撞上那双雾气蒙蒙的眼睛，一愣，定定看了好几秒终于低下头，带着一脸问号盯着她。

"抱歉。"顾盼避开他的眼睛，匆忙旋身关上房门，绕过陆屿初向陆家走去。

陆屿初站在原地，顾盼对他的态度是预料之外的冷淡，他微微扬起下巴，眼角睨视顾盼进门的背影。他不是没有察觉到顾盼的反常，但是他一向不喜欢过问别人的私事。

撑在地上的腿一使力，他站直身慢悠悠跟着晃进家门。他的表情依旧是一脸漠不关心的样子，心底却真真实实感受到有种难受哽在喉咙里，像吃鱼不小心卡了刺，上不去下不来。

吃过晚饭从陆家出来，陆屿初亦步亦趋跟在顾盼身后，关上大门，楼道里的声控灯短暂的微弱灯光亮起，陆屿初看见她眼里有晨雾一样的迷蒙。

"你怎么了？"陆屿初说完又有些后悔，他的语气太像质问，有些咄咄逼人，于是耐着性子又问了一遍，"你最近不太对，怎么回事？"

顾盼掀起眼皮看了他一眼，她知道陆屿初不喜欢顾美琗，虽然她对于顾美琗的作风也是不理解，但毕竟那是妈妈。

"我妈……要结婚了。"

"嗯，我听我家老头说了。"陆屿初记得当时他还和陆一言吵了一架，"所以呢？"和她不开心有什么关系吗？他不太明白。

顾盼声音闷闷的："所以我有可能会跟着我妈去到那个男人家那边，所以我可能以后就不能待在勒川了，所以我……"一鼓作气的声音到这里陡然停住。我以后可能都见不到你了……顾盼在心里补完这句。

陆屿初明显错愕了一阵，很明显，他的确没有想到这个。

"算了，你说不定还在心里偷笑，反正你总是迫不及待想要摆脱我……"顾盼泄气极了，丧气话不由自主地脱口而出。

在这一瞬间，顾盼觉得自己的喜欢就像一趟看不见前路的远航，而陆屿初躲避在诡异密集的礁石后面、隐匿在浓得化不开的海雾里，她不知道到底是陆屿初刻意躲避，还是真的是她时运不济……她可以不停奔跑向他靠近，可以装作看不见他那些不耐烦和抗拒……而关于两个人之间的距离，顾盼却从来不敢正视，她害怕结果不是她想知道的。

声控灯的光在这时候无声地暗下去，陆屿初借着黑暗别过头去，脸上挂着苦涩，紧抿着嘴挠挠头。

"谁说的？"大概是黑暗的包裹让他心里有了安全感，他轻声反驳。顾盼闻言微怔，抬起头，楼道里有些昏暗，陆屿初的脸上微微的怒气，他接着解释道，"我的意思是就算你不在勒川，我们还是可以联系啊，可以讲电话、写信，或者假期的时候你也可以回来……"

"如果我真的走了，你会想我吗？"她仰起头打断他，陆屿初背着光，看不清他的表情。

"我也不知道，还没有到那个时候……"陆屿初莫名有些心虚，避开她的视线。

"陆屿初，我会想你，很想你。我现在就开始想你了……"顾盼向他靠近一步，额头轻轻抵住他的肩膀低声道。

——我是那么喜欢你，喜欢到我一想到要离开，就立马生出一股窒息般难以忍受的情绪。

"陆屿初，我好怕，我怕你像初中那时候一样不理我……"顾盼打心眼里不想提这件事，她害怕当自己戳破这一切时，他们之间再度回到那种陌生人的关系。

她也竭力假装忘记那段回忆，然而每当看着他的背影渐渐远去，她感觉到无形之中，似乎有一双大手将她远远推开。她的心里很空，完全没有着落，恍惚间，又觉得有什么重要的东西一直在指缝中游弋，而她从来没有实实在在地抓住过。

就好像一直活在过去的时间里，在原地恍恍惚惚停留许多年。

他身上青松的香气离她那么近，顾盼伸手捂住心脏。

真不甘心啊！她在心里轻声喃喃。

陆屿初的心里像是被注入某种不知名的酸性液体，他微微偏了偏头，脸颊蹭到她的发丝，他的手不受控制地揉上她的发顶，手心传来的温度犹如盛夏时分被烘得松软的草地。

Chapter 10   / 春来，复苏的不止万物 /

顾盼浑浑噩噩进门，客厅没有开灯，顾美琇房间充盈的灯光透过房门投射在黑色的地面。

"……已经准备好了……不用担心，顾盼肯定会喜欢……她肯定很快就能适应的……"顾美琇带着笑的声音从屋里传来。

顾盼站在玄关处，双手紧攥，下定决心一般向声音传来的房间走去。

顾美琇坐在床沿，脖子和肩膀夹着电话，手上拿着一瓶浅紫色的指甲油，一边涂一边歪着头讲电话。

"我不想离开勒川。"顾盼说。

顾美琇抬眼瞪了她一眼，面色不改地继续冲电话那头说："对，是小盼回来了……没关系，小孩子闹脾气，你别放在……"

"我不想离开勒川！"顾盼攥着拳头大声又说了一遍。

顾美琇拿着指甲油的手一顿，恨恨地白她一眼，继续温柔地冲电话里说："其他事情明天见面说吧……嗯，好的，明天见。"

　　看顾美琤挂了电话，顾盼说："我留在勒川，我不会影响你结婚，不带我你能够更好地融入新家庭，我自己可以在勒川生活……"她站在阴影里语调平淡，像在评论天气一样云淡风轻，好像她说的内容不是她今后的生活问题。

　　"臭丫头，你在说什么混账话，我怎么可能让你一个人留在这儿？"顾美琤放下玻璃瓶，甩了甩还没有干透的指甲，继续道，"妈妈就是想要给你一个更好的环境才会选择再婚，你如果不跟我走，我再婚还有什么意义……"

　　"那如果我说我不想要那样的生活，你会不结婚吗？"顾盼觉得自己疯了，如果不是疯了，自己怎么会说出这样的话。转念，她在心里嘲笑自己的天真，顾美琤怎么可能会因为她而放弃呢。于是她换了一种说法，"我留在这儿，你结你的婚，我可以照顾好自己，反正这么多年以来你也没有照顾过我，我一样很好地生活下来……"

　　顾美琤听了她的话明显愣了，良久才嗤笑一声，说："你是在怪我吗？怪我没有照顾好你，怪我没有给你关心？妈妈保证，从今往后我会用更多的时间照顾你，以后我就不用像之前一样，整天为了生计奔波……"

　　顾盼打断她："我没有怪过你也没有埋怨你。我知道你一个人带着我生活不容易，现在的生活我没有半点不满足。"

　　"那是为什么？"顾美琤很少这么有耐心，她想要说服顾盼接受自己再婚的事实。

"我只是觉得现在的生活已经足够了，现在日子已经开始变得好起来……"顾盼觉得自己的脑子已经乱掉了，她分不清楚心底里到底想要说什么，脑海里只是不断浮现起那些不怀好意的、躲在她背后的窃窃私语，还有指着她脊梁的满是恶意的手指。

"变好？是被人指着鼻子骂好，还是明里暗里骂你是狐狸精生的女儿好？或者像那样上顿不接下顿，成天害怕有人突然来敲门，躲在家里不敢出声，唯恐被房东赶出去好？不好，一点都不好，我想要开始一段全新的生活，现在我们马上可以开始新的生活，我梦寐以求的生活，为什么要拒绝？"

在顾盼的印象里，妈妈曾有过很多男朋友，那些男朋友在某一段时间里维持着她们两个人的生计，那么可耻但是又不可或缺，顾美琦常常会用一种像说故事一样的语气在她面前谈论起那些男人，就像现在这样。

顾盼问自己，难道以后又要回到那样的生活吗？

"你为什么嫁给唐叔叔？"

"为了什么有那么重要吗？"就像是逃避，顾美琦又拿起那瓶指甲油，在已经干透的指甲上开始涂，顾盼注意到她的指间在晃。她很想让自己闭嘴，但是嘴巴却不受控制，"你知不知道他们怎么说你的？你知不知道他们怎么骂你的？我一想到你就是他们所说的那样，就觉得宁愿穷死也好过这样！"

顾美琦拿着小刷子的手凝固在半空中。

"你告诉我，在你心里比贫穷可怕的是什么？"顾美琦看起来很平静，平静地问话，但仔细观察，能察觉到她声音的颤抖。

顾盼低着头，刻意避开妈妈的视线，她说："没有尊严地活着。"

在遥远的记忆里，那个独身一人的蔺婆婆坐在满是油腻的小摊后，晒着太阳慢慢自说自话的场景，她一直记得——

阳光下棱角分明的世界，伴随着蔺婆婆慢悠悠的调子，她说："人啊，在来这个世界的时候清清白白、干干净净，为什么要丢掉尊严去换取那些死了都带不走的东西呢？"

"顾盼，我告诉你，在这个世界上，没有钱谈何尊严！"顾美玢的声音有种瞬间老去的感觉，"顾盼，我已经不年轻了，别人说什么我根本不在乎，他们根本不知道我是怎样用尽力气活在这个世界上。我为自己打算有什么不对？我想要更好的生活有什么不对？我不会管别人说什么，不需要。尊严？如果尊严可以换钱，我老早就称斤算两卖出去了。"她的脸上在笑，但是顾盼感觉到浓浓的悲哀，"我不在乎，在乎不会养得起我，唐朝他可以给我想要的生活，我……顾盼，你现在还小，你不懂。"

"有什么不懂，难道你真的像他们说的宁愿嫁给钱？"顾盼以为难以启齿的话，终于说了出来。与此同时，她觉得像是有人在她心上撒了一大把的图钉，现在正在被一颗一颗地按进心里，一个字，按一颗，直到心上漏出一个大洞，冷风呼啦啦地灌进去。

"咚"的一声，玻璃与木柜的猛烈撞击声惊醒顾盼。顾美玢的眼眶已经红了，她霍地站起来，身形打着晃："顾盼，谁都可以这么说我！但是你不行！"

她声音里像是揉着一团黏稠的泥巴，她说："我承认我是因为他有钱才接近他的，但是顾盼，我们要生活，你要读书要长大将来还要嫁人，活在这个世界上呼吸不要钱，我恨不得每天都比别人更用力！这个世界上根本就没有人比我更想活得光鲜亮丽。但是我一个女人我能指望谁？是你那个在监狱里尸骨都凉了半截的老爸，还是外面那些醉成一摊泥的臭男人？"

床头柜上的淡紫色指甲油顺着瓶口拖拖拉拉地流泻出来，像是顽固的油渍，黏腻地在床头柜上开辟疆土，有一股刺鼻的气味来势汹汹地闯入鼻腔，混合着那些难以言说的情绪，在空气里慢慢发酵，扩散到更加遥远的地方。

有些事情，覆水难收，那些早就想说的话，埋在心里的时间太久，渐渐生出了潮湿的苔藓，变了原来的样子。

顾盼想哭，但是眼睛里没有泪水，她控制不住自己的感情，控制不住自己的嘴巴，她心里那块贫瘠的土地里，有什么亟待破土而出。

"我啊！我可以啊！你根本不用指望别人！不需要舍弃尊严去依靠别人！将来我养你啊！"她大吼，尖锐的嗓音颤抖着撕裂平静的夜色，白炽灯的灯光都在几不可闻地颤抖，灯光涌动里，她的心却向着深不可测的夜色之中不停地下坠，酸楚感慢慢生出来的时候，带着细小的破裂声，像是被地震席卷过后的土地，遍布疮痍。

短促的下课铃声响起，英语老师还在讲台上讲解考卷，许多同学已经焦躁地在座位上磨来磨去，但是老师丝毫没有结束的意思。

"老师，已经下课了……"陆屿初大声提醒，许多人亮着眼珠子在心里默默为他点赞。

"你们听不到上课铃声，那我也没听到下课铃声。"英语老师整了整面前的考卷，盯着陆屿初慢悠悠地说。

"老师，上课之前我一直很安静，我可不可以下课？"陆屿初笑嘻嘻地问。

"陆屿初，你以为我不知道你睡了一节课？我就奇了怪了，你一个考 58 分的哪儿来的脸要求下课，你和顾盼是跟及格过不去吗？58 分、59 分轮流来，就是不肯及格？"

顾盼原本在发呆，突然听到自己的名字还有些反应不过来。趁着英语老师转身板书，她点了点陆屿初的背："怎么回事？"

"说咱俩不及格……"陆屿初掩着嘴，身体向后靠了靠小声说，"你多少分？"

顾盼瞄了眼发下来就没动过的试卷："59 分。"

"嘿，还真是。"陆屿初觉得挺神奇，上一次考试，也是顾盼和他分别占据了 58 分和 59 分，只不过这一次，他是稍微低一点的那个。

"你这次运气不错啊。"陆屿初知道，顾盼的英语考试一般只做含有 A、B、C 选项的题目，得多少分完全就是凭运气。

"胡说，我这是实力！"顾盼这几天虽然因为那天晚上的争吵一直有些怏怏不乐，但是对于陆屿初小看自己这件事，就算只剩下一口气，她都要撑着这口气据理力争。

　　陆屿初一听她说实力两个字，"扑哧"一下就乐了。这两天顾盼最多的表情就是面无表情，陆屿初想着她应该是因为离开勒川的事情心情不好，也没有时不时撩拨一下惹她生气。现在她难得看起来有点精神头，他逗弄的心思马上又死灰复燃。

　　"实力。"他一边重复这两个字，语气里满是戏谑，一边转身面对顾盼，扯过她压在胳膊下的试卷，拿起笔"唰唰"就开始写。

　　"你做什么？"

　　"给你一个机会证明你的实力！"

　　陆屿初写完，潇洒地盖上笔盖，试卷翻转，将自己写的东西送到顾盼眼前。

　　——I will not change, no matter U change.

　　顾盼盯着试卷上的花体英文，每个字母单独拆开她都认识，但是组合在一起她一个都不认识。

　　"你先翻译着啊，我去个厕所，回来再看你证明实力！"陆屿初经典的坏笑张扬在顾盼眼前。顾盼最差的就是外语，他笃定，顾盼就算把桌面盯穿，都不可能知道这句话是什么意思。

　　该死的陆屿初！顾盼盯着他的背影恨得磨牙。

　　陆屿初从走廊尽头的厕所出来，脑子里满是"顾盼那笨蛋，一定不知道那是什么意思"，他正思考待会儿是取笑她呢，还是看在她最近心情不好的分上放过她呢？突然，身后有人叫他的名字——

　　"陆屿初。"

　　他转过身，骆淼抱着一摞作业本向他走过来："姜老师让你去趟办公室……"

　　陆屿初不耐烦地皱起眉毛。

　　姜老师就是英语老师，陆屿初很不喜欢跟她打交道，他虽然喜欢和任课老师对着干，但是基本的尊师重道还是有的。但是在这个姜老师这里，陆屿初说一句话，她能翻译出十种截然相反的意思去向陆一言告状，陆屿初在她心里就是不学无术的代表，他没少在她身上吃亏。

　　就在骆淼以为陆屿初不会理会的时候，陆屿初扬手摆了摆："知道了。"转身向办公室走去。

　　办公室里。

　　姜老师也像陆屿初预料的那般，他还没推开门，就听到办公室里的她向陆一言告状："陆主任，你家那个陆屿初……"

　　她滔滔不绝地说着，完全没有注意到陆一言边上还坐着两个人："你是不知道啊，上次英语考试，他又故意不及格！"

　　"故意不及格？"陆一言还没有表示，他身边的人忽然重复了一句，显得饶有兴趣的样子，"不及格还能故意？"

　　姜老师这时候才注意到陆一言身边那个西装笔挺的中年男人，还有他身边坐着的女孩儿。

　　姜老师犹豫了一瞬，但是心底的埋怨不消几下就占据高地，于是接着说了下去："对啊，前面的选择题完美地避开了所有正确答案，偏偏后面的阅读理解、翻译、作文的分数加起来，不是

58 分就是 59 分！跟那个顾盼啊两个人捉迷藏似的一高一低轮流来……你说气不气人！”

　　“顾盼也是这样？”男人听到顾盼的名字，又反问一句。

　　姜老师听他说话的意思好像认识顾盼，于是问陆一言："这位是？"

　　"唐朝唐先生，带他的女儿唐棣华来办入学手续。"陆一言转身向唐朝介绍，"这是理三班的英语老师，姓姜，姜老师。"

　　"你好。"姜老师这一声问候颇有些意味，顾盼母亲的事早就成为许多人茶余饭后的谈资，老师之间当然也不例外。她装作不经意打量了唐朝几眼，心想：看着人模人样怎么会看上……

　　但是这也不关她的事，想到刚才唐朝的问题，她答道："顾盼应该是运气问题，她的分数全靠选择题撑着，随便看她一道选择题就知道她考试基本靠蒙。"

　　"这么说来，能够全部选错也是实力的一种体现。"唐朝笑眯眯的，说完站起身就要告辞，一直没有出声的唐棣华也跟着乖巧地起立向两位老师道别。

　　"这浑小子……"陆一言觉得丢脸，暗暗骂了一声。

　　"陆主任，我已经叫他来办公室了，一会儿你不要客气！"姜老师话音还没有落下，敲门声响起。

　　陆屿初推开办公室门时，就看见迎面走来的唐朝。他脚步一顿，这不是上次在医院和顾美琦一起的男人吗？也就是顾盼口中那个即将要成为她继父的人。

陆屿初认出唐朝的同时，唐朝也认出了他，友好地朝他笑了笑就向办公室外走去，跟在唐朝身后的唐棣华却是不动声色地仔细打量了一番陆屿初。

刚才老师们之间的谈话她听得一清二楚，对于他们谈论的叫作陆屿初的人，她心里止不住地好奇着，究竟是一个多嚣张的人，才能这么明目张胆地和老师对着干。

她大睁着眼睛看着迎面走来的少年，他一只手懒懒地插在兜里，校服不像别的男生一样扣得循规蹈矩，拉链松垮垮地拉开露出里面的白色羊绒衫，嘴角的笑容是一种奇怪的弧度，一边平整一边恨不得翘到耳根上，很特别，也很好看。

大概是她的眼神太明显，陆屿初也回视她，眉毛也跟着小幅度一挑，唐棣华的心跳瞬间漏掉一拍。

就这一瞬，两人擦肩而过。

唐棣华像是被什么牵动，跟着转身，看着他像一棵长势歪歪扭扭的树苗，站在那儿被陆一言训斥。

"棣华。"唐朝叫了声她的名字。

唐棣华立马回神，红着脸跟着唐朝向办公室外走去。

顾盼本以为陆屿初不过五分钟就会回来，但是等了许久却没有半点影子，心想：陆屿初不会是掉到厕所里了吧……

她低下头，苔藓绿的试卷顶上写着的英文映入眼帘：

I will not change, no matter U change.

到底是什么意思？

顾盼多少有些好奇，甚至于心底那些隐秘的角落还在叫嚣着一些隐秘的揣测，可能这句话有什么不一样的意思呢？

这么想着，她有些迫不及待想要知道答案，敲敲同桌的桌面，指着那句英语："这句话什么意思？"

同桌紧着身子，稍稍探过去小半个脑袋，看清楚是一句英文之后，立刻缩回去，皱巴着脸说："我英语也不好……"

得，她的同桌也是个学渣。顾盼没有得到答案，也就不再理他，抬头继续看向教室外，陆屿初还没有回来。这时候，骆淼正好走进教室，顾盼看着骆淼在教室前面分发作业本，心想：骆淼是班上的学霸，还是英语课代表，应该能翻译吧。

等着骆淼发完作业本，在黑板的角落里写完今天的作业后，顾盼正想过去，班主任带着一个女生走进了教室，指挥着几个同学把骆淼身边的座位挨个往下挪一个位置，在骆淼边上空出一个位置来。

骆淼的座位就在讲台下，教室前一片混乱，教室后头也炸开了锅。

这个年级的学生，注意力随时都可以被吸引，随便什么事情都能七嘴八舌议论个半天，谈论的多半也是今天看见了哪个帅哥昨天遇见了某班班花……

"是新来的同学吧？"

"长得不错啊！"

"以前是哪个班的，怎么好像没见过啊？"

……

　　顾盼只是稍微打量了几眼那个低着头站在讲台边的女生，就收回了视线。

　　陆屿初还没有回来，班主任冲已经坐好的新同学低声说了几句就离开了教室，于是顾盼抓起试卷向骆淼的座位走去。

　　她拍了拍骆淼的肩膀，不等骆淼抬头，将试卷拍在她桌面上："帮我翻译一句话！"

　　等骆淼看清楚身边弓着腰的顾盼，心里吓了一跳，立刻看向她手指指的位置——

　　I will not change, no matter U change.

　　骆淼看着这句英文，第一反应是奇怪，拿不定主意小声地问："你在哪里看到的这句话？"

　　"陆屿初让我翻译……"顾盼不在意地说，声音不大不小，但是在她说完后，骆淼身边的女生突然抬起头来看了她一眼。

　　顾盼对于陌生人的视线十分敏感，于是在女生看过来的一瞬间，她也回视了过去。

　　那是个第一眼就觉得很漂亮的女生，可是她眼里浓浓的探究和打量的意味让顾盼本能地有些反感。

　　顾盼很久以后回忆起这一幕，都忍不住想要反驳荆楚婕说自己情商低的言论，否则为什么只凭借一眼，就能够这么清晰地识别出一个潜在的情敌。

　　顾盼第一反应是下意识地伸手压在试卷上。

骆淼正犹豫着该怎么和顾盼翻译,被顾盼的举动惊了一瞬,抬起头来,就看到顾盼面色不善地紧盯着身边的新同学,她眯眼的动作预示着她即将发作……

上课铃声适时响起,陆屿初的声音踩着铃声清脆的尾音在教室门口响起:"顾盼,你丢不丢人,这么简单一句话你还要请外援!"

顾盼抬起头就看到陆屿初,她匆忙抓起试卷,跟在陆屿初的身后。

"谁让你老是不回教室,我还以为你掉进厕所里了。"

"那你还不赶紧去厕所捞我?"

"你恶不恶心啊你!"

顾盼在座位上坐下,对新同学的那点怪异感也消散得差不多,她挑衅地将试卷拍在他背上。

陆屿初胳膊撑在她的桌面上:"啧,你上课都干吗去了,英语不好,物理也差劲,这不就是恒流源里的电流不随电压变化而变化吗?"

他话语里的鄙视意味太明显,顾盼不服气地回道:"这怎么和物理有关系了?"

"你初中物理怎么学的?大写 I 就是电流、U 是电压!电流不随电压变化而变化没毛病啊!"

"真的?"顾盼怀疑地斜睨着他。

"不然你以为是什么意思?"

大概是他表现得太理直气壮,顾盼也就不再多想,只有隐约的失望慢慢盘踞在心上，正好这个时候班主任进了教室。

陆屿初偏过头的同时，余光也扫过顾盼，她歪着头盯着桌面不知道在想什么，他在心底舒了口气，又觉得有些莫名的尴尬，于是转移了话题："你妈再婚对象是上次在医院出现的那个男人？"

"对……"

"我刚才在办公室看见他了。"陆屿初扫了顾盼一眼，看起来还是挺平静的，接着道，"我问了我家老头，你继父好像把他女儿转到我们学校来了。"

顾盼闻言几乎是立刻就抬起头，视线蹭着陆屿初右侧的碎发望向讲台，班主任刚才说要新同学上台做个自我介绍。

她的心"咯噔"一下，像是意识到什么，表情也骤然变得很难看。

陆屿初正防着老师不被发现和她小声说话，没有注意到她表情的变化。

"你怎么了？不应该高兴吗？这说明你不用离开勒川了啊。"他的嘴角不由自主地翘起，眼睛里满是笑意，察觉到这莫名的笑意又觉得自己高兴个什么劲，立马把翘起的嘴角拉回来。

这一岔神，才注意到顾盼瞬息万变的表情，顺着她的视线转头看过去。他问："你到底看到什么了，脸色这么难看……"

讲台上的女孩儿，微卷的长发分成两把分别扎在脖颈两侧，细碎的平刘海柔顺地搭在额头，刘海下是她新月一样微垂的眼眸，脸颊上因为紧张有些薄红，嘴唇很薄没有多少血色。

顾盼紧盯着她，看到她的眼神有意无意地看向这个角落。

"大家好，我叫唐棣华……"

"是她？"

两道声音同时在顾盼耳边响起。

周遭都开始逐渐暗淡下去，顾盼的耳边只剩下陆屿初的声音。

陆屿初说："她好像就是你继父的女儿……你的妹妹。"

她的眼睛里只看得到讲台上的唐棣华，就好像是即将谢幕的话剧，只剩下舞台正中央的一道光束。这束光，在唐棣华身上。

春来，复苏的不止万物，还有在不起眼的角落滋生的，像野草一样疯长的感情。

Part 3

那些兵荒马乱的日子，
逐渐拉开帷幕

Chapter 11　　/ 就这样载着我吧 /

　　最近总是下雨，大约是春天来了的缘故。雪水濡湿的地面好不容易干燥，翩然的细雨让这天地间再次变得湿漉漉的。

　　天空就像是一床沉甸甸的灰色棉絮，从地面向上氤氲的水汽悬在半空中。那种晦暗的颜色把顾盼的心都包裹得潮湿不堪。

　　"你说真的吗？你不走了啊？"荆楚婕停下脚步，脸上、眼里都是笑意。

　　顾盼也不由得跟着牵了牵嘴角，点点头，然后就感受到荆楚婕紧紧的拥抱，圈住她的胳膊勒得她喘不上气。

　　荆楚婕的声音闷闷的还有些哽咽，就好像有什么小虫子顺着颤抖的声线爬进了顾盼的耳道，一路上带着微弱的麻痒，一直传递到心底，微微撬动那块最近一直沉甸甸的土地。

　　"顾盼，我真是太高兴了，我们不用分开了！为了庆祝，我请你去地下铁喝奶茶！"荆楚婕说着牵起顾盼的手向校外跑去，完全不管已经响起的上课铃声。

　　两人绕到对面教学楼后面，顾盼才将来龙去脉细致地告诉荆楚婕。

　　第一次见到唐棣华那天晚上，顾盼就从顾美琤那里得知，唐朝因为身体原因决定留在勒川休养，还把他的女儿接过来照顾。虽然顾盼因此不用跟着顾美琤远走他乡，但是她并没有很开心，相反，她的心因为另一个人的到来，而越来越沉重。

　　"就是说你们班上那个新同学，是你的妹妹，"荆楚婕斟酌着继续道，"而且她好像对陆屿初有意思？是这样吗？"

　　顾盼无精打采地点点头，不止一次在心里感叹：这叫什么事啊！

　　这并不是她胡思乱想、空穴来风的猜想，她叹了一口气慢慢说："那天班会课下课后……"

　　她只要稍微一回忆就能想起那个场景——

　　当时班上的同学已经散了大部分，班级里吵吵嚷嚷。

　　"顾盼你快点，你属乌龟吗，每次都这么磨蹭……"陆屿初已经走到教室后门不耐烦地磨蹭着地板。

　　"你等我一下！马上就好！"顾盼一边收拾，眼神一边追着他向外走的背影，手上越慌越容易出错，她一边向教室外跑一边拉着书包拉链，冲出教室的时候，却看到走廊不远处唐棣华站在陆屿初身边，低着头不知道说些什么。

　　她三步两步连忙走上前去，就听到唐棣华软软糯糯的嗓音，带着少女的羞涩："我刚转过来，对这边的课程也不太了解，有时间可以麻烦你帮我补习一下吗？"

……

　　荆楚婕听到这里脚步一顿，惊讶道："她找陆屿初帮她补习？"

　　顾盼撇撇嘴，何止补习，唐棣华还会利用所有的空闲时间，挤到陆屿初身边各种搭话……

　　光是想起那些场景，顾盼就来气。她没有告诉荆楚婕，其实之后回家的路上她还试探过陆屿初，说他是不是看见好看的新同学就走不动路，陆屿初居然煞有介事地认真打量了她一番，在她被盯得毛骨悚然时说："要比起来，确实比你好看一点。"

　　"她疯了吗？你们家陆屿初那个成绩那个排名，她还真是胆子大！"荆楚婕嚷道，她觉得不可思议极了，谁不知道，如果没有她们这一些不读书的垫底，陆屿初几乎可以囊括所有科目的最低分，就这样的"战绩"，居然还有人上赶着去"送死"？

　　顾盼幽幽瞥了她一眼："你不懂……"

　　顾盼不知道怎么告诉荆楚婕，陆屿初在初中的时候还是所有人眼中堪称天才的存在，各科成绩都拔尖，数不清的奖状还有荣誉证书，是一个人人称羡名副其实的好学生……直到他们莫名爆发的那一次大吵后，陆屿初就像换了个人，成绩一泻千里，人也变得懒懒散散。

　　顾盼一直觉得，只要陆屿初想，他可以在每一个桀骜不驯的今天过去后，第二天完美变身，成为震惊所有人的学霸……这是一种直觉，说出来只会让人觉得不靠谱，所以顾盼只是默默地在心里想想。

荆楚婕摇头感叹："我确实不懂，但是我知道，陆屿初哪怕全校倒数第一，在你眼里也是最优秀的……"她一边数落，一边绕道到教学楼后边，小心地避开立在墙边的杂物，绕到矮墙边，解下一直搭在肩头的书包顺着墙头丢出去。

这栋教学楼和政教大楼比邻，中间夹着个小花园，教学楼后头就是围墙，外头顺着墙角有一条隐蔽的小路直通校外。高一时被陶荏彦发现，带她们走过一次，后来就成了他们这伙人逃课的必经之路。

荆楚婕熟门熟路地爬上墙头，眼也不眨地跳了下去，顾盼也赶紧跟上。

攀过围墙，顺着那条小路向前走，没多久就看到校门口那条大马路，那家地下铁的奶茶店就在校门左边，没多久就能到。

"那你现在是搬去那边和他们住了？"

"没有，他在城西那边买了栋房子，妈妈已经搬过去了，我还是住在康园路……"顾盼边说边帮荆楚婕摘她背上不知道在哪里粘上的小刺。

两个人说着话推开玻璃门。

"欢迎光临。"一个男人温和的声音。

地下铁的老板是一个二十五岁左右的男人，长得中规中矩，为人温和很好说话，常常会蹦出一两句虚无缥缈的人生哲理，顾盼觉得，他大抵是一个睿智的人。听说他以前也是这所学校的学生，所以来这儿的学生都会亲切地叫他一声昊哥。荆楚婕曾经神秘地拉着顾盼暗戳戳地观察过他。他常常在安静下来的时候发呆，但是下一秒又可以跟来这喝奶茶的学生贫嘴逗闷子。

奶茶店有个二楼，有学生喜欢端着奶茶去阁楼上消磨时间聊聊天，但是自从陶茌彦和老板打好关系后，他们这一拨人经常没事就组团去楼上打牌什么的。渐渐地，楼上常年就像烟雾缭绕的仙境一样，浓浓的烟味熏得呛人，就算开窗也久久散不去。久而久之，那上面就成了他们的"基地"，昊哥从来也没责怪他们。

高一的时候，顾盼和荆楚婕一周总会来几次，和昊哥自然而然地早就熟了。

"喝点什么……"昊哥在吧台后洗一只玻璃杯，在抹布上擦擦手转过身，一眼就认出她们俩，"嘿，你们啊，很久没来了哦，他们在上面打牌……"像是佐证昊哥这句话，楼上传来陶茌彦的喊声——"炸弹。"

荆楚婕听到陶茌彦的声音眼睛一亮，望了眼左上角的玻璃窗隔间，迫不及待地踩着楼梯就要上去，拐角的时候看到顾盼还站在原地便朝她一招手："上来啊！"

"我就不上去了……我在楼下等你。"顾盼一想起楼上那股呛人的烟味、槟榔味就有些反胃。

荆楚婕头也不回地就往上跑，顾盼翻了个白眼，轻声骂了句："重色轻友。"

　　昊哥闻言轻笑，两根细长的手指拎着茶包泡开，时不时瞥一眼撑在吧台上的顾盼："怎么啦？心情不好啊……"

　　顾盼有气无力地盯着茶包在水里浮浮沉沉："没有……"说着拿起桌面上的便利贴，在上面写写画画。

　　"别想太多，有些事情呢，自己是有轨迹的，你要做的啊就是顺其自然。"昊哥表情有些高深莫测，埋下头轻笑。每次他看见顾盼都会在心里想，这女孩子实在是太老气横秋了，典型的就是想太多。"你看看阿彦他们，没心没肺一天天照样过得乐呵呵的，你现在这么轻松的年纪，何必把自己过得那么累呢。"

　　昊哥话音刚落，楼上的小隔间玻璃窗忽然打开，陶茌彦吊着半个身子往下探，扯着嗓子喊："顾盼？你怎么不上来？"

　　顾盼掀起墙上层层叠叠的便利贴，将手上那张塞进去，伸手抚平便利贴墙，只能看到一个浅蓝色的角。

　　"懒……"

　　陶茌彦听到她的回答喊了一句："那你等着！"然后就是尖锐的椅子划过地板的摩擦声。

　　"你干吗去？"荆楚婕急忙喊道，跟着他就要站起来。

　　陶茌彦把手里的牌往她手里一塞："帮我打一把！别输了啊，不然我要喝西北风了！"然后匆忙让开位置。

　　陶茌彦三步两步就从楼梯上跳下来，几步冲到顾盼跟前，脸都快送到顾盼鼻尖了，一股浓得散不开的烟味也随着他一起冲过来。顾盼向后仰去避开，陶茌彦见状连忙退后双手在身前不停地扇风：

"昊哥你这儿有香水吗？空气清新剂什么的也行。"

"你身上现在这个味儿撑死是个人间烟火味，你喷上那些玩意儿直接可以升仙，别闹啊。"昊哥头也不抬地打消他的念头。

"啧，"陶荏彦稍稍坐得离顾盼远了些，急着问，"听小八说你要转学？转去哪儿？"

"不转了。"

陶荏彦顿时眉开眼笑，前几天他还在琢磨要不跟她一块转算了，得知她现在不转学了，还真是喜从天降。但是看见她一副怏怏不乐的样子，突然就忘记了自己刚才原本想说什么话，他扭头朝楼上喊："泥鳅，借你的车用一趟。"

阁楼里传来懒散的回话："你拿板车的福喜，钥匙问昊哥要。"

昊哥拉开抽屉，甩出一把钥匙在吧台上："粉色那辆。"

"什么色？"陶荏彦不敢置信地问。

"粉色，骚包粉。"昊哥一字一句地说，气定神闲地望了眼店外那一排的车，指了指最边上那台，"喏，就那个。"

陶荏彦顺着他指的方向望去，一辆全粉的福喜杵在一排炫酷的车里万分扎眼，骚气极了。

"板车疯了吗？"陶荏彦难以想象自己一米七多将近一米八的个子，骑着这辆小车将会是多么威武雄壮的一幕，仰着脖子就想要换一辆。

昊哥在他出声前慢悠悠地说："泥鳅的车刚换了排气管，宝贝得跟新讨的老婆一样。"言下之意就是只有这一辆可以外借。

陶荏彦几经挣扎，眼神在钥匙和顾盼间游弋，最终还是拿起吧台上的钥匙，一手钩住顾盼的脖子向店外拖。

"面子和你比算个屁！"这一嗓子号得就像是壮胆。

"陶苙彦你发什么疯？"顾盼一头雾水，跟跄了好几下，抓住陶苙彦的衣摆才稳住步伐。

玻璃门开阖间碰到门口的风铃，铁管碰撞发出清脆的丁零声。

昊哥看着他们推推搡搡的背影忍不住低笑，感叹道："青春啊……"

陶苙彦插上钥匙打上火，引擎发动的嗡鸣声层层叠叠。顾盼抚平校服上的褶皱，抬起头就看到他坐在踏板车上，双手扶着车头一脚撑地偏头看着自己笑得十分得意。

"带你去兜风！"他的语气里有一股意气风发的味道。

"赶紧上来啊！"轰鸣声里，陶苙彦喊了声，顾盼望着街边店面里已经有人探头张望，连忙跨上后座。

风从耳畔呼啸而过，两边的景物快速倒退连接成看不清形状的虚影，这时马路上的车辆很少，偶尔侧身超过前面的车辆时，顾盼心里会有一种危险的兴奋感。

排气管的嘶吼声袭来，顾盼在排气管的咆哮里想起荆楚婕曾告诉她："职高那边的男生喜欢改装雅马哈踏板车，他们拿到车改装排气管是头等大事，改装后的车开出去可以炸街！"

陶苙彦的声音像是从胸腔中震荡而来，夹杂在呼啸而过的风声里有些不真实，他喊："害怕就喊出来！"

"你说什么？"顾盼听不真切，扯着嗓子问。

"我说……"陶荏彦目不转睛地注视着前方。

顾盼凑得近了些想要听清楚，却只听到风声猎猎作响，紧随其后的是陶荏彦莫名的嘶吼："啊——"

这个动静，果然是炸街！顾盼心里只有这么一个念头，但是她那些疯长的情绪，好像随着身边掀起的飓风，一点点消散在半空中。

突然的加速让顾盼不由自主抓住陶荏彦的肩膀，急速倒退的风景里，心底那点阴霾都被扑面而来的风吹落。陶荏彦用眼角余光瞥见顾盼脸上难得的笑容，就好像在心上猛地扎了一针兴奋剂，随着每一次收缩灌进血管涌向四肢，浑身上下都遍布着愉悦。

"啊啊——"他迎着风再一次吼出声，直到嘴角发麻，他还是笑得像个十足的傻瓜。

教室里，下课铃声还没有响完，早就拍着桌面等待下课的人迫不及待地倾巢而出。

陆屿初难得地在上课的时候清醒，随手将桌面拢好，望了眼后桌干净整洁的桌面，眉间像是能夹死苍蝇，忽然的气闷让他抬脚踢开凳子向教室外走去。

"陆屿初！"下楼的时候遥遥传来连续的叫喊，陆屿初沉浸在自己的思绪里在零零落落的人群里穿梭。直到弯腰解开车锁的时候，还在用余光瞅着四周，但是记忆里那个仓皇跟上的身影并没有出现，他脸上的阴郁又沉了几分。一条腿跨上自行车的时候，陆屿初恨恨地想：好样的顾盼，翘课还闹失踪……

"陆……陆屿初……"唐棣华气喘吁吁地挡在他的车前，她脸色惨白，因为用力呼吸胸膛起伏剧烈，她半弯着腰好半天才挤出一句，"我能和你一起走吗？"

陆屿初斜着看了她一眼，什么也没有说推着车从她身边绕过。

唐棣华一只手抚着还在起伏不定的胸口，紧紧地跟在他身边。

放学时段马路上的车流逐渐密集起来，陶苤彦载着顾盼渐渐将速度放慢下来。

"有没有心情好一点？"陶苤彦逆着人群小心向校门口骑，侧头用余光看后座的顾盼，一眼看到她抓在自己肩膀上发白的指节。

顾盼揉了揉发酸的眼角，点了点头。陶苤彦总是这样，他不会问她为什么心情不好，他只会拉着她去做一些在许多人看来疯狂的事情。

打拳是他教的，过肩摔也是他教的……好像她心情不好的时候，只要陶苤彦在身边，总是有办法带她把负面情绪发泄出来。

顾盼觉得，能有陶苤彦这样的好友，真的是一件幸运的事情。

没多久就到校门口，顾盼如愿看到那个推着自行车的背影，身体不由自主地向上，喊了声："陆屿初！"

"你小心点！"陶苤彦双脚撑地，急忙转过身扶了把匆忙下车的顾盼，怅然若失地望着顾盼三步两步跳下车，向校门口跑去。

"陆屿初。"顾盼小跑到陆屿初身边，陆屿初头也没抬推着车就往前走，这时候顾盼才注意到另一边的唐棣华，一时间有些尴尬。

顾盼内心煎熬地看着陆屿初的背影，同时在心里咒骂：才离开一节课，就被人钻了空子。

唐棣华每天放学都有人来接，所以她并没有继续跟上陆屿初，就站在原地和顾盼剑拔弩张地对视。

陶苒彦将踏板车停在一边，喊："顾盼，要不我送你回家吧？"

顾盼望了眼似乎放慢了脚步的陆屿初，头也不回朝陶苒彦挥了挥手匆匆告别："不用了，明天见。"

陶苒彦还要说什么，眼看着顾盼追着陆屿初越来越远的背影，哑在喉咙里。

身后响起一声响亮的口哨声："彦哥。"

他转头，看见泥鳅和他的小弟们坐在地下铁外停着的一排机车上。

他掉转车头开过去，刚靠近就听见泥鳅戏谑的声音："就这么让那丫头走了？"

"他们家住得近……"他低声说，下意识地解释不知道是说给别人听还是在安慰自己。

"嗤——"不知道是谁发出一声嗤笑，用一种古怪的腔调说，"没想到我们彦哥也有温柔体贴的时候啊。"

周围跟着一阵哄笑。

陶苒彦还没来得及反驳，荆楚婕已经从地下铁出来，手里捧着一杯奶茶："什么温柔体贴？"

"别听他们胡说八道！"陶苒彦脸色难看，"顾盼已经回去了，你也赶紧回家吧。"

"还早，到时候你送我回去呗，顺便载我也兜兜风。"荆楚婕状似无意地坐到陶荏彦的后座，在口袋里掏出一把数额不一的纸币，一股脑塞进陶荏彦的外套。

泥鳅在他们对面看得一清二楚，望着荆楚婕抓着的那一把纸币眼神微变，视线来回在两人之间巡视半天，像是明白什么低头笑笑没有说话。

"大哥，你看那个女的……"身后一个小弟凑上来，指着不远处的唐棣华意味深长地说。

泥鳅顺着他指的方向看过去，认出就是刚才顾盼身边那个，此时她的身边停了辆奔驰，泥鳅眼神变了变，问陶荏彦："阿彦，那女的你认识？"

陶荏彦真被荆楚婕烦得不得了，正想说不认识，倒是荆楚婕先出声："咦，是她啊。"

"你认识？"

"就是顾盼班上新来的转学生，叫唐棣华，顾盼她妈再婚对象带过来的女儿……"荆楚婕漫不经心地说，抬眼望了望陶荏彦，又补充道，"好像也喜欢陆屿初，顾盼因为她烦得要死……"

她假装啜奶茶，掀起眼皮小心翼翼地观察陶荏彦表情的变化，没有留意到身边几个人忽变的眼神。

马路上川流的车辆，朝着前方匆匆驶去，没有人关心身边人的方向与行程，就像是马路两边人行道上行走的人们，熙熙攘攘地重复着踩上前一日的脚印，昨天的一切被全新而又那么相似的今天完美地覆盖。

头顶的天空被树冠覆盖，被树隙切割成不规则的碎块。

顾盼紧紧地跟在陆屿初身后，低头看他的脚后跟，每当她加快速度他也加快，她减慢他也降速，两个人始终维持在大约三步的距离，不前不后，不近不远。顾盼都怀疑陆屿初的身后是不是也长了一双眼睛。

她只能左右变换位置，望着他锋利的侧脸，还有扶着自行车把手微微发白的手指骨节。

他心情不好。他在生气。但是，顾盼却不知道原因。

"陆屿初。"

"陆屿初。"

……

顾盼跟着陆屿初，隔三岔五就喊一声他的名字，期望他能够回应一声。

走到十字路口的陆屿初终于停下了脚步，顾盼险些撞上车轮。顾盼眼睁睁看着他跨坐在座椅上，红灯开始闪烁，她傻愣愣地站在原地望着陆屿初的后脑勺，不知所措。

陆屿初等了一阵，没等到顾盼坐上后座，蹙眉偏头向身后望了一眼，恨恨地想：难道还要请吗？

好在顾盼虽然心里惴惴不安，但是对于陆屿初的一举一动乃至于一个眼神，都恨不得掰开了揉碎了去了解，在陆屿初看过来的一瞬间，立刻就揣测起他的意思，心里虽然有些没底，但还是三两步上前坐上自行车的后座。

　　陆屿初没有说什么，在绿灯亮起的时候，跟着人群载着顾盼向前驶去。

　　康园路上的车流和行人已经渐渐稀少，道路两边银杏树上光溜溜的枝杈上零星地点缀着几点绿色，交错的树枝将天空分割成大大小小的细碎块状。

　　顾盼揪着陆屿初的校服，从下往上凝视着他的侧脸，陆屿初的眼睛直视前方，脸上是寒冷的表情。

　　顾盼心里生出许多莫名的情绪，说不清是惶恐还是失落，她紧紧拽着他的衣服，内心深处涌起一股快要将她淹没的不知所措。

　　"你想说什么？"陆屿初面色不改，紧抿着唇角用力蹬踏板，他的声音裹在风中袭来，让顾盼分不清是不是幻听。

　　顾盼犹豫了片刻，咬了咬嘴唇："你能……帮我补习吗？"

　　陆屿初笑了："帮你补习？凭什么？"

　　虽然是顾盼意料之中的态度，但她还是一愣，咬着的唇角渐渐褪去血色，脑子里想：果然，他就是看不上我……

　　陆屿初余光不受控制地向身后瞥，好在顾盼低着头没有瞧见，但是看到她脸上受伤的神色，陆屿初因为刚刚报复性的行为而稍稍平复一点的心情，转瞬间却更加低沉。

　　从小一起长大，陆屿初多少也了解顾盼的脾气，别看顾盼在外人面前什么都不在乎的样子，但是她的内心是地道的九曲十八弯，看她现在的表情，就知道她肯定又在胡思乱想什么，内心戏太多把自己硬生生逼到不知道哪个角落里去了。

陆屿初终究还是不忍心，装作恶狠狠道："就你门门成绩挂红灯，还敢三天两头翘课玩失踪的架势，还要我给你补习？顾盼，你怎么好意思？"他的语气细细琢磨带着些嫌弃，很好地掩盖了底下若有似无的慌乱。

"我保证，只要你答应给我补习，我以后上课不睡觉，作业按时交，不旷自习不逃课，不早退不迟到做一个老师眼里合格的好学生……"顾盼听他有松口的迹象，连忙一口气保证下来，恨不得把心剜出来，让他看见自己的诚意。

"不旷课、不迟到、不早退……"陆屿初跟着慢慢地重复一遍。

他微低头，额前微长的细碎刘海遮住了他幽深的眼眸，他轻声说："顾盼你别后悔，你要知道以后你就没机会跟他们出去厮混，更别说还有时间去飙车了……"

顾盼举起右手，信誓旦旦地接话，好像生怕陆屿初反悔似的语速极快道："我保证，从今以后在你眼皮子底下乖巧认真！"

"呵。"陆屿初轻笑一声，忽然用力地踩起自行车的脚蹬，载着两人的自行车速度忽然加快，顾盼尖叫一声更用力地抓住他稳住自己。她感觉到，陆屿初的心情好像在一瞬间变化了。

陆屿初腰侧的衣服透过衣料传过来的体温，烤暖了她的掌心，她迷迷糊糊地想：就这样载着我吧，不要管前面有什么，即便颠簸崎岖，我也敢不动如山地在你背后，跟着你翻山越岭。

　　陆屿初感受到身侧那双手的力道，他淡淡地瞥了一眼便直视前方，嘴角毫不犹豫地翘了翘，更加用力地踩着自行车。

　　景色急速倒退着，他的心里好像忽地刮起一阵风，那些笼罩的昏暗暮霭霎时烟消云散，从不知名的远处传来单调的高昂口哨声，在他身边打着旋翩翩向上，悠扬地越飘越远。

Chapter 12   /这样你就只能乖乖待在我身边了/

然而顾盼远没有想到，就是那天下午的一个决定，她之后的生活便开始处于水深火热之中……

这段时间，只要在教室里的人，经常可以看到这样一幕：

陆屿初背向讲台坐在顾盼对面，手里卷着书本冲着桌面一点一点，问道："函数图像的三种变换是哪三种？"

顾盼面露难色，挠挠额前的刘海，趁着手掌遮住眼睛的时候向同桌使眼色。同桌低着脑袋抬眼望了眼陆屿初，挣扎之下不发一语地慢慢趴回桌面，心里讷讷地喊：我也不知道啊，盼姐你自求多福吧！

顾盼望着同桌的后脑勺，快气炸了。下一秒，陆屿初手里的书卷毫不留情地敲在她的头顶："你干什么？背个定义还要求助场外观众？"

"呃……当然不用！"顾盼谄媚地笑，抓耳挠腮之际瞥见同桌的双手在桌子下面比画。

先是比了个一，手指在桌面上点了两个点，然后水平从左向右移动；又比了个二，掌心向上握拳又张开；接着伸出两只手，一左一右……

"你在干吗？"陆屿初忽然出声吓了顾盼一跳，也打断了同桌的小动作。

"啊，我知道了！"顾盼生怕陆屿初发现自己作弊，赶紧喊了一嗓子，倒是把同桌吓得不轻。

她仔细回忆刚才同桌的提示，犹豫道："三种变换有……水平变换……开合变换……左右……变换？"

她不确定的声音越来越小，陆屿初的脸色也越来越黑。

"是平移变换、对称变换和伸缩变换……"陆屿初无力地扶额。

顾盼听着和自己说的风马牛不相及的答案，第一个动作就是扭头瞪着同桌，恶狠狠的眼神好像在说：你敢害我！

或者是这样一幕：

"顾盼我给你讲个笑话吧。"陆屿初笑得不怀好意。

"你说。"顾盼放下手里的笔，兴致勃勃地看着他。

"一个女生问男生：叶子的离去，是风的追求还是树的不挽留？男生说：是因为脱落酸。"

顾盼有些蒙，瞪着眼睛望着他："啊？"

陆屿初看着她不明所以的样子，嘴角翘了翘："没听懂？"

顾盼点头，陆屿初好脾气地思索片刻，打了个响指继续道："有一条 RNA 感到十分孤单，于是就开始翻译，终于有天翻译出一个蛋白，RNA 高兴极了，对蛋白说：你好，我是 RNA。蛋白说：你好，我是 RNA 酶。"陆屿初说完就沉默地看着顾盼。

顾盼一头雾水地和他大眼瞪小眼，半晌顾盼不确定地问："说完啦？"

"对啊，不好笑吗？"

顾盼犹豫半晌："哈哈哈，好好笑啊……"

陆屿初流露出同情的眼神看着顾盼，摇着头颇有些惋惜地慢慢做出结论："以咱们俩的智商水平断层来说，恐怕没有办法深度交流……"

不然就是这样：

陆屿初手指戳着桌面，气急败坏地吼："顾盼，你是猪吗？所受外力恒为零，系统动量就守恒！碰前碰后和碰中，动量总和都相同……这句话我让你背你背了没？"

顾盼左手食指压在物理书的公式上，嘴里念念有词地来回念着公式，右手捏着笔尖在草稿纸上奋笔疾书，抽空不停点头，争辩道："背了背了！"

陆屿初哼笑一声，嘴上越加不留情："背了你倒是用啊！留着等过年吗？"

……

顾盼觉得生活每一天越来越艰难，现在她一闭上眼脑海里就是各种公式定理不停地盘旋，甚至昨晚上做梦都梦见自己坐在空旷的教室里，陆屿初拿着一把竹扫帚站在自己身后："还有三张数学试卷、四张物理试卷、五张生物试卷，没有做完不准吃饭睡觉上厕所……"

顾盼坐在座位上抓耳挠腮，桌面上试卷的字迹忽然就混乱地飞起来，她眼睁睁地看着那些蝌蚪一样的文字飞在她眼前，怎么也抓不住，然后它们就排着队在厕所前蹦蹦跳跳地说："你看我们啊，你认出我们才准你上厕所……"

顾盼努力一个个辨别，越认越不知道是个什么鬼，前面还不停地有人插队，就在她快要爆发的时候，陆屿初忽然从天而降，在她身后阴恻恻地说："你趁我不在偷偷跑出来，你是不是不想我给你补习了？嗯？"

顾盼手忙脚乱正想解释，陆屿初忽然就变了脸色："顾盼，这就是你有求于人的态度吗？"

……

顾盼是硬生生从梦里被吓醒的，醒来之后一脑门的冷汗。

当顾盼把这个古怪的梦复述给荆楚婕的时候，荆楚婕笑得前俯后仰不能自己："哈哈，没想到陆屿初还有这么执着的一面啊。"

"都是你给我出的馊主意……我感觉我快被陆屿初榨干了，你看我这样还怎么跟唐棣华斗啊？陆屿初都快把我整死了……"顾盼趴在草地上有气无力地说。

"那你自己说，唐棣华最近还有没有缠着陆屿初？"

"那倒是没有，因为陆屿初多半时候都在帮我补习，唐棣华就算过来了也是干巴巴地站在一边……"顾盼想起那场面又笑了。前几次唐棣华确实会在一边等着，陆屿初给她讲完之后，唐棣华就会凑上来，这时候顾盼就会假装不会做题，又明目张胆地把陆屿初拽过来。想起唐棣华吃瘪的样子，顾盼忽然觉得这样也是很值得了。

"你看看你个没出息的！"荆楚婕啧啧称奇，笑骂顾盼不争气。

两人正打闹间，一颗篮球从球场里飞过，陶茬彦追着篮球跑了过来，捡起球路过她们身边的时候，玩笑般问："老远就听见你们俩的笑声，在聊什么呢，这么开心？"

顾盼和荆楚婕相视一笑，高深莫测地答道："女生之间的小秘密……"

"好吧。"陶茬彦耸了耸肩。

球场那边有人喊着他的名字，陶茬彦将球远远地抛了过去，一屁股蹲在顾盼身边："下周一晚上有空吗？我请你出去玩呗。"

"是听者有份吗？"荆楚婕凑上去。

陶茬彦顿了顿点了点头，期待的眼神一直望着顾盼。顾盼在心里盘算了下日子，下周一晚自习陆屿初会帮她补习，于是有些为难地反问："为什么请我们玩啊？"

"你就当是我过生日，邀请你去生日聚会呗。"陶茬彦蹲在地上眯着眼坏笑，右手有些不自然地揪着草地上的塑料小草，看得出几分强装淡定的紧张。

"生日还能当作？陶茬彦你扯不扯啊？"顾盼好笑地拍了他一

巴掌，"我不行啊，陆屿初晚自习要给我补课……"

上课铃声遥遥响起，她蹦跳着从地上爬起来，惊呼："呀，上课了！不跟你们说了，我要回教室了……"

陶茌彦看着顾盼飞奔时落下的草屑，脸上的笑容渐渐开始收起，嘴角翘起的弧度最后拉平成一条刚硬的直线。

"你怎么了？"荆楚婕留意到他的变化。

天边的乌云漏了一条缝，阳光就像是陡然出鞘的利剑，一瞬间冲开灰色的云霄直指大地。

"我……有些嫉妒。"陶茌彦嗤笑一声，低垂着头颅，散落额前的发丝跟着他的身体微微颤抖。

漫长的冬季已经在逐渐温暖的气候里，渐渐消失了踪迹，冬季迁徙的候鸟又成群结队地飞回去年的巢穴。

"下周一……真的是我生日啊。"他慢慢地说，抬起头，脸上的笑容寡淡而失落。

荆楚婕的心里生出一阵刺痛。

大概冬季走得太匆匆，春天仓皇之中忘记了要带来温暖和希望，沉默的他们同时感受到了从地底攀缘而上的寒潮。

顾盼一口气爬上五楼，等到她终于坐在椅子上才感觉到一阵脱力。

"干什么去了？"陆屿初居高临下地看着还没有喘匀气的顾盼。

顾盼还在呼吸急促，她捂着因为剧烈运动有些发疼的胃部，断断续续地说："和……荆楚婕……在操场……说了会儿话……"

陆屿初意味深长地看着她，脸上冷若冰霜，最终什么也没有说，坐回自己座位上。他不想告诉顾盼刚才他一直趴在窗口，远远地望着草坪上有说有笑的他们三个人。他不明白心里那种窒闷还有汹涌的愤怒是为什么，每当他想要去深究，他的心里总有一个声音告诉他，不要管，不要追究，千万不要。

那是一个雷区，好像如果他弄明白那是一种什么样的感情，有些什么就会改变。

他告诉自己，只是因为答应了顾盼要帮她补课，这只是一种责任感而已。

可是好像有什么像春天的新生命，开始慢慢地从心底破土，叫嚣着想要冲出来。

这不是一个好兆头。

阳春三月，太阳一天比一天炙热，大家都开始渐渐地减少身上的衣物。

日子一天天趋于平淡，陆屿初已经很少在上课的时候睡觉，逐渐脱离了他心心念念的"春困秋乏冬眠夏打盹"的完美生活，课余的时候多半也是转过身来摊开课本帮顾盼补习。

顾盼常常听着听着，视线就不由自主地转到陆屿初的身上，她着迷地看着他被碎发遮住大半张棱角分明的脸，在光线下明媚闪耀。

教室里的同学陆续离开，喧嚣声也渐渐偃旗息鼓，教室的这一隅格外安静，除了笔尖划过纸张的沙沙声，远远看过去就好像一幅画一样。

顾盼眼静静地看着唐棣华走到他们面前，不，是陆屿初面前，她双手绞在身前，脸上挂着不自然的微笑，她说："陆屿初，你可以跟我过来一下吗？"

陆屿初只是抬起眼扫了一下，注意力又放回面前的书本上，神色淡漠地问："什么事？"

顾盼一直抬眼望着唐棣华，唐棣华却压根没在意她，尴尬却倔强地站在原地。

三个人两个坐着一个站着，忽然气氛变得尴尬起来。

陆屿初皱了皱眉，大掌将顾盼的脑袋压下来，指着桌面上的习题册："你先做这个，回来我要检查。"说着站起身自顾自从后门出去，唐棣华赶紧跟上。

顾盼眼睛追随着他们的背影，夕阳从两人的身前打过来，拉出长长的一条影子到顾盼脚下，顾盼愤愤在地上踩了两脚。她凝神静气盯着后门的小半个身影，但是因为距离隔得有些远，就像是看无声电影，一点声音都听不到，她愤愤地挠着桌面，恨不得长出一双透视眼。

她愤愤丢了手里的签字笔，三两步走到教室那边墙下的座位边，手脚伶俐地就爬上课桌，踮起脚尖，视线刚刚好和墙面上的玻璃窗齐平，她轻手轻脚地撬开窗拴，用食指顶出一条细缝，迫不及待地望向教室外的两人。

橙色阳光下，陆屿初背对顾盼这边，只能看到一个后脑勺，唐棣华手里抓着两张看起来像是票券的东西，她说："你周末有时间吗？我有两张交响乐团音乐会的门票，我想……邀请你和我一起去看。"

唐棣华背着光，眼睛直率地望着陆屿初。顾盼看不见陆屿初的表情，她凑近窗棂想要看清楚一点。

教室里虽然每天都有人打扫，但是这么高的窗户只有大扫除才会有人费心擦一擦，所以难免落上了厚厚一层灰，顾盼凑得越近，灰尘味道就越明显，跟着她的呼吸扬起的粉尘熏得她鼻腔一阵酸涩。

"我……"陆屿初正在说话，顾盼憋着想要打喷嚏的欲望，想听清楚他说什么。

这世界上有几样东西，你越想隐藏就越欲盖弥彰：一是藏在心底的感情；二是打喷嚏的欲望……

所以，顾盼一个响亮的喷嚏打出来之后，整个人都愣在原地。当她反应过来自己干的蠢事后，脸上的炙烫一直烧到耳根。她手忙脚乱想要跳下来，双脚却好像不听使唤，忙中出错之下，脚下一滑……

这般大的动静，教室外的两人当然注意到了，陆屿初下意识地止住话抬头看向身后，高高的窗户上只有玻璃震动反射的白色光亮。

就在他哑然失笑时，教室里传来一声顾盼的惊呼声，他心上猛地一颤，绕过唐棣华向教室里跑去。

顾盼坐在地上，咬牙揉着发酸的脚踝，随着一片阴影笼罩下来，陆屿初已经在她身边蹲下："没事吧？"

"我好像扭到脚了……"顾盼不太敢看他，但是她的心情跟着陆屿初的到来，没由来地心花怒放。

"啧，冒冒失失……"陆屿初语带谴责地看着她，"摔到骨头没有？"

"就是扭了一下。"顾盼保证，撑着地面就要站起来。

陆屿初连忙伸手扶她，顾盼小心地脚尖点地转了转脚踝，还是有些疼痛难忍。

"你坐下。"他按着她的肩膀把她按在临近的座位上，蹲下，十指小心地在她脚踝上下的骨头上来回按，问，"这里疼不疼？这里呢？"

他的脸上一片严肃，但是顾盼看他这副紧张的样子，心里莫名地就像是盛开了一片花海。

陆屿初抬起头，看见的就是她荡漾着一张笑脸，沐浴在阳光下。他的心也在那一瞬忽然软得一塌糊涂。顾盼的发梢泛着夕阳的金色光泽，脸颊两侧的酒窝比平日更加深邃……等他反应过来，他的指尖已经戳在顾盼的脸颊上，顾盼受惊不浅但明显欢喜地看着他，陆屿初忽然灵台清明醒悟过来，他忽地站起来，撞到身后的课桌，哐当一响。

"怎么了？"顾盼抬头望着他问。

陆屿初望着她闪烁着碎光的眼睛，忽然就有些不自在，瞥见顾盼白皙的脸庞上有一抹浅浅的灰色污渍，他掩饰性地清了清嗓子：

"有灰。"然后带着嫌恶的表情，再次伸出手指掩饰性地在她脸上胡乱刮了两下。

两人同时感觉有什么在心里慢慢变化着，那种变化就像是发酵中的酒液，咕噜噜地冒着泡，扶摇直上冲破水面，惊扰平静。

两人极有默契地双双别过头。

陆屿初去车棚里取车时，顾盼接了顾美琓的电话，让她周末空出时间一家人一起吃顿饭。

等陆屿初骑着自行车过来的时候，顾盼刚好挂断。顾盼坐上后座，两人朝着学校后门驶去，路过篮球场的时候陶荏彦正带人在打篮球，远远地看见顾盼就叫她的名字。

顾盼堪堪回过头正想朝他招手，陆屿初忽然加快了速度，巨大的惯性吓得顾盼往陆屿初背上一扑，再看向篮球场早就只剩下单薄的剪影。

"你想摔断脖子吗？"陆屿初的声音传到顾盼的耳中。

"没有！"说着像是生怕陆屿初把她甩下自行车，顾盼的胳膊死死抱住陆屿初劲瘦的腰。

"那真是遗憾。"陆屿初发出一声意味不明的喟叹，脑海里不由自主地浮现出那天在窗口看见的球场上的画面，不受控制地喃喃着说，"真想看到你像上次那样受一次伤……"

——这样你就只能乖乖待在我身边了。

"你说什么？"顾盼的耳边灌着风，陆屿初的声音有些模糊。

"我说，你要是再骨折一次，我会笑死！"陆屿初大声说。

顾盼听清他的话，箍着他腰的手猛地用力。

陆屿初吃力地把握方向，嘴里不停嚷道："笨蛋，赶紧松开！"

"要出车祸我们俩谁也跑不掉！"顾盼趴在她背上，呵呵地笑。

"赶紧松开，听到没！"

"我不！"

"好了好了，我错了，松手松手……"

"你说什么？风太大听不见！"

"顾盼你怎么这么讨厌！"

……

华灯初上，暖黄色的路灯接替暮沉夕阳，飞蚊跌跌撞撞地萦绕在灯泡下。

自行车载着两人，就像喝多了酒的醉汉，摇摇晃晃地撞进渐次深沉的夜里，唯一清亮的是两人此起彼伏的笑闹声。

Chapter 13　　/ 是你的，不争不抢总归跑不远 /

没多久就到家了，陆屿初在楼梯边锁车。

顾盼踩着一级台阶上上下下，扁了扁嘴突然问道："刚刚那谁找你做什么？"

"嗯？"陆屿初一时没反应过来，"唐棣华吗？"

顾盼闷声"嗯"了一声，陆屿初直起身绕过她拾级而上："哦，她找我去听音乐会。"

顾盼脸一黑，音乐会这种"高雅艺术"还真像是唐棣华那种人会喜欢的东西。但是她在意的点不在这个上面，她噔噔噔爬上楼梯，踩在高一级的台阶上堵在陆屿初面前，视线正好与陆屿初持平，愤愤道："凭什么咱们班那么多人不找偏找你啊？"

陆屿初心里好笑，状似苦恼地思索片刻，坏笑着道："大概是我长得帅吧！"

"喊！"顾盼一甩头，心里暗骂陆屿初不要脸，"长得帅又怎么样，还不是得不到我。"

"顾盼，你要不要脸皮的？"陆屿初简直没眼看顾盼，大掌一伸罩上顾盼的巴掌脸，顾盼踉跄着被他推到墙边把楼梯让出来，陆屿初头也不回地上楼。

"喂，你什么意思啊？"

"字面意思。"

陆屿初已经走到楼梯拐角，顾盼连忙跟上："陆屿初，你还没说你答应没有啊？你应该没有答应吧，你周末要给我补习的！"说完这句话，她猛地想起刚才那个电话，忽然就停住了脚步。

"刚才要不是有个碍事的打岔，说不定就答应了。"陆屿初嘴上逗着强心里乐开花，下一个拐弯的时候，看到顾盼好像受打击一样呆在原地，意识到刚才的话可能让她不快，"还不赶紧上来？"

"哦哦。"顾盼连忙跟上。

陆屿初掏出钥匙开门，瞥见顾盼一脸心事重重的样子，开门后冲顾盼说了声："明天见。"

"哎，等一下。"顾盼拦住他，"明天我有事，不能去补习。"

陆屿初没有说话，表情一瞬间就冷淡下来。

其实顾盼打心眼里不想与唐家人扯上关系，但是电话里顾美玢几乎是用一种低声下气的语气哀求她，她真的受不了，心里就像是没有尽头的莽原，除了离离野草，一片荒芜……

感受到沉默，顾盼抬起头来瞅陆屿初，一看到他肃穆下去的表情，心中立刻暗道不好，解释道："因为明天我要……"

"你不用跟我解释，来不来是你的事，我无所谓。"陆屿初一把关上门，烦躁地把钥匙砸在木质鞋柜上，发出巨大的碰撞声。

顾盼被隔绝在门外，被关门的声响惊得浑身一震，震惊之余也有些不明所以，为什么他又变脸了？

回到房间，陆屿初没有开灯，面色不悦地将自己砸在床上，心里的烦闷一点没有消退。

"笨蛋。"他低声咒骂，黑暗中声音陷在被子里有些闷。

歪过脑袋，他的视线落在书桌的点点荧光上，随手拧开台灯，五颜六色的许愿星映入眼帘，那是去年他生日的时候顾盼送的。

翻了个身，长臂一伸将许愿星的瓶子握在手里，塑料管折成的星星随着他的动作撞击玻璃瓶，发出噼里啪啦的响声。

他也不明白自己为什么生气，只要一想到周末顾盼是为了陶荏彦撇开自己，心里是一阵又一阵来路不明的难过和气愤。

"没义气的家伙！补课也是她求着的，我特意为她空出时间，她倒好，自己去和别人逍遥快活……哼，我就不该心软！"他发狠地上下摇晃手里的玻璃瓶，想着它就是顾盼，末了又觉得无趣，将玻璃瓶放回桌面，没想到太用力发出老大一声响。

他吓了一跳，慌忙翻过玻璃瓶，没有看到破碎的纹路才放心下来。

而后，他讪讪地想，我干吗这么在意那家伙送的东西啊！一边气着自己不争气，手上却是小心翼翼地把玻璃瓶推向墙角。

房间里微弱的台灯光亮并没有穿过多远的夜色，明暗交界的地方泛着晦暗不明的灰色，陆屿初盯着天花板，闷闷地骂："顾盼是个笨蛋……"

周一，陆屿初起了个大早，他一没睡好就有很大的起床气。他挣扎着从被子里起来，脚步错乱地晃进卫生间，七点不到就收拾好出门，望了一眼对面紧闭的房门，又想起昨天自己一个人在家无聊得要死的样子，气恼地抬脚就向楼下走。

在十字路口等红路灯的时候，他看着被晨露打湿的手背，想起去年秋天早晨，顾盼总是会趁着红绿灯的间隙，把她在口袋里焐得滚热的手盖在他的手背上……

红灯转绿灯，陆屿初骑着自行车过了十字路口停在路边，从书包里掏出手机，拨通顾盼的号码，手机响了好一阵才接通。

"顾盼，赶紧起来，要迟到了。我已经在路上了。"说完他就挂断了电话。

周一早上照例有升旗仪式，直到班长开始数人数，陆屿初也没有看到顾盼的影子，连忙拉住班长，替她请假："顾盼肚子不舒服，去厕所了。"

由于两个人平时都是一起来，班长也不疑有他，点点头就走开继续清点人数。

等顾盼从平常逃课的矮墙爬进校园的时候，国歌已经唱到尾声。

她坐在座位上还在不停地喘气，陆屿初插着口袋进教室的时候，顾盼一直在用眼神凌迟他，但是陆屿初硬是没有分给她一个眼神。

还不等他坐下顾盼就开始算账："你早上为什么不等我？"

"起得早就先走了。"他毫不在意地用书本铺好桌面，弯起胳膊趴在桌面上时加了一句，"也没有规定我必须等你。"

顾盼的话就这么被噎在嗓子眼里，眼睁睁看着他面对墙面趴下，留给她一个欠揍的后脑勺。

一整个上午，顾盼和陆屿初的同桌都感觉到了情势的不对，他们两个人身上各自生出的负面情绪就像两军对垒时宣战的擂鼓，从他们身上向外辐射出。

这种情绪在顾盼这里显得更加明显，她觉得他和陆屿初像是分处在两个不同的玻璃罐子里，周遭被人抽干了氧气，她的眼里只看得见陆屿初一动不动的背影，教室里的一切就像是被按了快进快退的电影镜头，无声而又仓皇。

直到下午荆楚婕找过来，看到顾盼郁郁寡欢的样子，半拖着把她拉出了教室，又把她拐去地下铁，点好饮料才问："你怎么了？才一个周末你怎么跟被吸了精气一样？"

"你胡说八道什么啊。"顾盼丧眉耷眼地望了她一眼，就不再说话了。

"你到底怎么了？"荆楚婕将下巴搭在桌面上，目不转睛地盯着顾盼低垂的头。

"是不是我真的情商低……"顾盼情绪明显低落。

"为什么这么说？"

　　"我好像一直在惹他生气，但我总是不知道我错在哪里……"
顾盼望着搭在桌面上的手指，源源不断的难受顺着胸口一直向上，
就像是一口被堵住的泉眼，因为无处迸发，而在暗无天日的地底形
成一股黑色的汹涌暗潮。

　　荆楚婕看着她那失神又落寞的眼神，心里也紧跟着一疼："这
不是你的原因。"

　　"那是为什么？"

　　顾盼她太想知道原因，陆屿初就像一道难解的奥赛题，任凭她
想破脑袋也捉摸不透。她总是有一种，他们之间哪怕离得再近，都
像隔着万水千山的感觉。她期望着有人能够给她指出一条路，告诉
她应该怎么走，才能到达陆屿初的心里。

　　就好像是一个绝症患者，无望地祈求上天，胡乱地奔波在汹涌
人潮里寻觅着救命良药。

　　好像终于找到了宣泄的出口，顾盼絮絮叨叨胡言乱语地说着，
把那些平日里埋在暗沼下不敢吐露的心声，还有积攒了一上午的慌
乱和委屈尽数吐出。

　　荆楚婕也傻眼了，没想到这闷货居然自导自演了一出豪华大
戏。

　　她试着给顾盼出主意："不如这样，你冷他一阵。我在电视剧
里经常看到，男女主角有矛盾的时候呢，女主角就会故意不联系男
主角，然后男主角就会慌乱自己找过来……不然你就这样试试，说
不准还能把陆屿初那块臭石头试出真心来！"

158 ///

顾盼目瞪口呆地看着她，好像在问：有用吗？

这时候昊哥正好端着两个玻璃杯过来，听到荆楚婕的话，哑然失笑。

"我说认真的，反正你现在也没有更好的办法啊，破罐子破摔，没准就柳暗花明又一村了呢！"

昊哥已经绕到吧台后边，他手里动作不停地擦着盥洗池，忍不住接话道："不行哦，你们没有经历过可能觉得我在危言耸听，但是昊哥以过来人的身份说一句——这感情呢，是最经不住试探的。永远不要在感情上耍手段，会得不偿失的。"

"为什么不行？难道就坐以待毙吗？她本来就在原地毫无进展了，还不把握主动，那万一有人横插一杠子，那不是什么都没有了？"荆楚婕万分不解，就势一股脑就把心里所想倒了个干净，"要我说，感情里等待是最无用的，要么主动出击，要么急流勇退。争取一下，用点手段智取，或许还有一线生机，不争不抢，那不是白白把机会拱手让人？到头来什么都没有，那多糟心啊！"

昊哥闻言哑然失笑，转过身来气定神闲地直视荆楚婕的眼睛，悠悠的语调像是历尽千帆的船舶靠港时悠长的鸣笛："是你的，不争不抢总归跑不远；不是你的，挤破了头照样和你十万八千里。"

说到这里，昊哥眼光一闪，像是想起什么一样苦笑出声。

荆楚婕心里一突，脑海里浮现出午休时，陶荏彦拜托自己晚上一定要带顾盼过去时说的话——"我从来没求过你，你今天帮我这个忙，以后你有什么要求我都答应你！"

她甩甩脑袋，把心里那一点犹疑挥开，转身冲着顾盼坚定道："总之你就听我的，今天晚上陶茬彦请我们去唱歌，你就跟我过去放松一下，说不定明天陆屿初就反应过来了呢？"

顾盼一直没有说话，暗淡的光线里没有人看得出她心里正在激烈交战。

"阿顾？"荆楚婕咬咬牙，凑近她的耳边，"今天是陶茬彦生日，我晚上想跟他表白，你就帮帮我，陪我一起去吧？"

顾盼咻地抬起头，颇为震惊："真的？"

"我骗过你吗？"荆楚婕从来没有像这样认真严肃过，她双手合十，脸上带着小心翼翼，小声求道，"你就陪陪我吧！除了你我不知道该找谁，你知道我现在超紧张的！"

"好。"

"我就知道你最好了！"荆楚婕一把抱住顾盼，喜悦之情溢于言表。

她就知道，顾盼看起来对一切都漠不关心的样子，但实际上是最心软的，顾盼总是这样，用冷硬掩藏好意，用拒绝遮盖害羞。

被荆楚婕搂住的顾盼也没有看到，吧台后昊哥摇着头叹气的模样，他脸上那种岁月沧桑的样子，绝对是有故事的人。

很多年后，顾盼坐在伯明翰的街头，总是想起昊哥的话——不属于你的，就算呕心沥血、心机算尽，也只能证明，他不属于你。

可惜，这一刻，无论是顾盼还是荆楚婕，都不明白。这是伤痛之后岁月给予的领悟。

　　后来顾盼不止一次地问自己，假如当初早点明白这个道理，之后的一切是不是会有挽救的余地呢？

　　但是，这个世界上没有早知道，一切等到尘埃落定的时候，早就已经不可挽回。

　　就像很多年后，荆楚婕每每想起这一天都会觉得无比可笑，却无可奈何一样。

Chapter 14　/ 我就说，陆屿初我喜欢你 /

　　顾盼跟着荆楚婕离开地下铁，两人在学校附近的商贸市场逛了半天，荆楚婕都没有看上心仪的生日礼物，便硬拉着她来到中庭路步行街。顾盼还是第一次来这里，就像是一只迷了路，闯进陌生森林的小鹿，新奇又胆怯。

　　"大小姐，已经三四个小时了，对照学校上课时间，都已经放学半小时了！"顾盼的两条腿都快跑断了。

　　荆楚婕说："你就陪陪我嘛，我现在好紧张，一想到晚上我的心就快要蹦出来了，不做点什么，我就觉得好像有好多好多蚂蚁在上面爬……"

　　夜色开始变浓，荆楚婕也终于结束了"逛街"这一酷刑。

　　荆楚婕选了一款在顾盼看来价格高到离谱的礼物，那是一款银白色的音乐播放器 iPod shuffle。

"你买这么贵的干吗？"顾盼想起付出去的那好几张红票子，心里还在感叹。

"还好啊，也不是很贵。"荆楚婕正在琳琅满目的货柜上找包装纸袋，漫不经心道，"下次你生日的时候我也可以送你一个。"

"我不要……"顾盼想也不想立刻拒绝。

可能是因为看着顾美琰笑意吟吟问那些男人要钱的画面太深刻，顾盼每每拿着纸币的时候心底都会浮现一种羞耻。

她知道荆楚婕是富贵人家的孩子，从荆楚婕平日的吃穿用度里就能看出。荆楚婕身边从来不缺朋友，因为她出手够阔绰，出去吃饭或喝奶茶，只要荆楚婕在，付账的时候她必定会顺手把所有人的一起结了，顾盼事后如果给她自己那份钱，她甚至会翻脸。

其实顾盼也很不自在，那种好像来自灵魂深处的贫穷犹如附骨之疽，阴魂不散。即便她一直觉得朋友之间的相处从来就是两个人的事，与家世、成绩或钱财无关，但也得有个前提，她们之间的给予与回报是对等的。

她不想欠人太多，更不想成为像顾美琰那样为了钱财可以放弃一切的人。

天空灰沉沉透出墨蓝色，教学楼的白炽灯已早早亮起。

陆屿初拎着个还冒着热气的塑料袋坐到了座位上，顾盼的座位上还是空荡荡的，他心里想着便宜你了，随手把手里的煎饼果子放在她桌上，怕它冷掉又夹进桌上的物理书里。

今天下午他一觉醒来，趴在桌上醒神时，随手翻开物理书上那个深刻的折痕，入目的便是空白处断断续续的笔画扭在一起的几个字，一看就知道是有人在意识不清下所写。

——想吃煎饼果子。

那排字边上还有一块纸张泅湿后干燥的凹凸不平的痕迹，随便想想就知道是谁睡得口水横流的杰作。

陆屿初有些恼火，又有些哭笑不得。

他下午在路过煎饼果子摊位的时候，着魔一样就想起顾盼歪歪扭扭写在书本上的那句"想吃煎饼果子"，鬼使神差地就买下了。

上楼的时候，他拎着袋子其实还是有点尴尬。他不知道最近自己是怎么了，好像对顾盼有诸多不满，但是在她冲着自己傻笑的时候，满腔情绪又发泄不出来。还有就是，最近总是莫名地觉得陶荏彦碍眼……

他得好好想想自己是怎么了。

陆屿初揉了揉眉心，随口问顾盼的同桌："她还没回来？"

"嗯，一下午都没看到影子。"同桌头也没抬应了一声。

陆屿初拿出手机拨顾盼的电话，没人接，又放下，打她家里的也无人应答。

他意识到有些不对劲，往常顾盼就算是翘课或是睡觉，还是会叮嘱同桌她的去向好替她打掩护，今天默不作声一消失就是一下午，电话也打不通，这样的情况是从来没有过的。

难道发生了什么事吗？受委屈了？

那个家伙从小到大受了委屈都只会躲在没人的地方哭。陆屿初脑海里一浮现顾盼可怜巴巴缩在哪个角落里哭的画面，就一秒钟都坐不住了。

他霍地站起，把同桌吓了一跳，他低头叮嘱同桌："老师问起来，你就说我去厕所了。"说完就疾步向教室外跑去。

华灯初上，这里是出了名的KTV一条街。说是街其实也没多长，左右两排七八个店对立而已，白天的时候这一片格外冷清，但是一到晚上就会聚集各种各样的人，喧嚣热闹，霓虹闪烁。

顾盼两人匆匆赶到叫作"麦域"的KTV，麦域算是这一片KTV里的小清新，偶尔有学生生日的时候也会来这儿包个包厢吼两嗓子。

荆楚婕给陶苌彦打电话问了包厢号，站在门口望着LED招牌就开始发愣。

"我好紧张。"荆楚婕攥着顾盼的手冰凉，上台阶还被台阶绊了一下，顾盼连忙扶住她。

荆楚婕是一个活得很恣意的人，可能是因为从小到大从来就没有她想要却得不到的东西，但是她今天晚上却无数次说紧张。面对喜欢的人，她们其实都是胆小鬼。顾盼这么想着，安抚鼓励似的拍拍荆楚婕的肩膀，却被荆楚婕拉住。

荆楚婕揪住她的手臂，就像是海上漂流的人抱紧一块浮木，她期期艾艾地问："哎，你一般是怎么跟陆屿初告白的啊？"

空气里有些闷热，四面八方传来一些听不清曲调的旋律，顾盼歪着脑袋回忆："我就说……"

　　随后就接不下去了，她努力寻找可以充当范本的回忆，可是大部分都是她玩笑般的戏谑，陆屿初也没当过一回事。那种堂堂正正、一本正经地站在陆屿初面前，明明白白告诉他我喜欢你的记忆，好像没有。

　　荆楚婕看顾盼就这样发起呆，连忙晃了晃她的手臂，顾盼如梦初醒地眨了眨眼，心虚地随口说："我就说，陆屿初我喜欢你。"

　　随着这句话，顾盼的胸口就像是"啪"地被燃起一把火，烧得滚烫炙热，一直烧到脸上。

　　"又没要你表白，你脸红什么啊？"

　　"哪有！"顾盼别过脸去。

　　就这么走到包厢门口，荆楚婕忽然停下来："顾盼，你告白的时候不怕吗？我现在怕得要死……"

　　"我没想那么多，我就想着……我喜欢他，想要一直和他在一起。"顾盼话音刚落下，包厢的门忽然从里面打开，冲出来的人差点和她们撞了个满怀。

　　"你们怎么站在门口？进去啊！"

　　顾盼认出这是和泥鳅他们一伙的其中一个，脸色有些不自然起来。

　　"马上……"顾盼扯起嘴角冲荆楚婕笑了笑，"我们进去吧。"看荆楚婕还是紧张得不行的样子，她补了一句，"加油！"

　　荆楚婕用力地点点头。

推开门，音浪像是刚刚开闸的洪流，铺天盖地地涌出来，包厢里充斥着一股浓重的酒精味，屋内没有开灯，只有银幕上的光亮照亮房间，天花板上五颜六色的光斑打在不同人的脸上，认识的、不认识的人嬉嬉笑笑勾肩搭背乱成一团。

"哎，她们来了。"不知道是谁喊了一声，陶莛彦从层层叠叠的包围中三两下挣脱出来，他脸上已经泛红，显然是喝了不少。

"正好赶上给寿星敬酒。"

"走开走开！"陶莛彦一只手把快要举到眼前的酒杯推开，从人群里踉跄着走出来，带动好几个空酒瓶滚落到地上，发出清脆的碎裂声，那边一下就乱了起来。

他三两步走到顾盼身边，手直接勾上顾盼的肩膀。

顾盼连忙站直撑住了才没被他的体重扑倒，荆楚婕见状连忙手忙脚乱地从另一边扶住他。

"哟哟哟，彦哥借酒装疯啊……"

"左拥右抱，好福气啊彦哥。"

周围响起各式各样的起哄声，顾盼忍着把他从身上掀下去的冲动，和荆楚婕合力把他扶到座位上。在他坐下的一瞬间，顾盼连忙从他的胳膊肘下躬身逃出来，荆楚婕被陶莛彦带着往沙发上一扑。

"陶莛彦？陶莛彦？"荆楚婕坐直身体，轻轻拍着他的胳膊叫他的名字。

"我就知道你一定会来……"陶莛彦不太清楚地说了一句。

"你说什么？"荆楚婕问。

陶莛彦摇摇晃晃地又站起来，扭着身子在茶几上找了起来，在七零八落的酒瓶里捡起话筒。

尖锐的杂音从音响里传出来，顾盼被刺得闭了闭眼，扭头捂住耳朵。

"我喜欢你，我喜欢你！"陶茬彦站在茶几中间背对着屏幕，一直冲着话筒里这么说，他对面的荆楚婕坐在沙发上，仰着头傻愣愣地看着他，白色的灯光映在她的脸上，她抬手掩住嘴，就像是不敢置信。

周围的男生发出"喔哦"的怪叫起哄声。

屏幕上因为一曲终了渐渐暗下去，荆楚婕霍地从沙发上站起来，就像一只燕子冲进陶茬彦的怀里，紧紧地用双臂抱住他的腰，脸深深地埋进他有些潮湿的、带着刺鼻啤酒味的衣服里。

即使在这么昏暗的环境下，顾盼还是能够看见她眼眶里的红色。顾盼也不自觉地浮出微笑，心里替好朋友感到无比高兴。

荆楚婕一直在笑，她有一种不真实的眩晕，还有心里像烟花炸开一样绚丽的欢喜。

"我真的很喜欢你，从第一次见你开始我就喜欢你了……"这时，音响里又响起陶茬彦的告白。

荆楚婕将手臂收紧，弯翘的嘴角洋溢着一种难以抑制的幸福，她想说——我也喜欢你。

"我也……"

"……顾盼。"陶茬彦的声音被放大好几倍，经过音响处理的声音有些失真。最后一个字的尾音因为拖长的语调，长久地在空气里嗡鸣。

顾盼和荆楚婕同时愣在原地。

顾盼的脑子嗡的一声，像是掉进了水里，她的耳朵里、眼睛里都是迷蒙的，冰凉的触感从毛孔里钻进来，顺着毛细血管爬满了全身。

荆楚婕用力眨了眨眼，惊觉自己脸上湿了一大片。她慌忙用手去擦，但是脸上那种潮湿，怎么擦也擦不掉，就像爬山虎的吸盘吸住墙壁，揪也揪不下来。

……

前后不过几秒钟的时间，所有的一切，天翻地覆。

原本三两聚在包厢角落里的人也跑了过来，顾盼看见他们围在自己的两边，陶莅彦也被他们推了过来，四面八方的声音汇聚成一个整齐的旋律，像是层次清晰的鼓点。

"在一起，在一起，在一起……"

她恍然清醒过来，眼神穿过层层叠叠的人影看到包围圈外被挤在门边的荆楚婕。

荆楚婕抬起头来看了这边一眼，两条泪痕尤为清晰，顾盼觉得像被雷电劈了一道，她低声叫着荆楚婕的名字，却眼睁睁看着荆楚婕转身拉开门离去。

清新的空气顺着开合的门缝涌进来，顾盼瞬间清醒。

——不是这样的！

　　她几乎立刻就想跟着追过去，身边却有人拉住她的手臂，推搡着她往陶苣彦的方向去。

　　"让开！"顾盼的心里那片莽原像是飘进了一颗火星，她整个人都焦灼起来。

　　没有人理她，有人推着她的肩膀说："别害羞啊！"

　　她皱着眉抬头却看到陶苣彦睁着迷蒙的眼，满足地笑着看她。

　　那颗火星沾上了干枯的杂草，张牙舞爪的火焰"嗤"的一声舞动起来……

　　她抄起一杯最近的酒对着那张笑脸泼了上去……

　　周遭的一切都画上了休止符，霎时悄无声息。

　　陶苣彦挂着一脸水珠，冰凉的液体在脸上横流，他用力眨了眨眼，随后一股大力将他推开，他歪了歪步伐，定在原地，就看见顾盼夺门而去的背影。

　　陆屿初在幽暗的林荫下穿荡，就像是一个幽魂。

　　晚自习的上课铃早就打过，夜训的体育生们也早就离场，操场上空荡荡的，只有几盏路灯孤独地洒下一片清冷的光芒。

　　顾盼心情不好的时候喜欢去的小角落，能想起来的他都找了。他站在花园角落莹白色的路灯下，双手撑着膝盖有些脱力地喘气，心里七上八下，晃神地想起顾盼笑的时候如同一弯明月的嘴角，眼睛里闪亮亮的，像收纳了一片星海。

　　"陆屿初？"花园外传来一声试探性的喊声。

　　陆屿初撩了撩汗湿的额发，转头看见唐棣华站在花园外。他没有说话，抬脚向另一边走去，他听到窸窸窣窣的脚步声离自己越来越近。

"我刚去医务室拿药经过这里，还以为我看错了。"唐棣华细声细气地说，末了又轻轻地笑了一声，"你怎么在这里？"

陆屿初瞥了她一眼，他现在真的没有心情跟人聊天，转身绕进旁边的教学楼，就要顺着楼梯下去，唐棣华紧紧跟在他身后。

"你该回教室了。"陆屿初停下脚步，她也停下，咬着苍白的嘴唇急促的轻声喘气，双手绞得塑料袋"噼噼啪啪"作响。

"你在找人吗？"她不依不饶地继续问道。

"跟你没关系。"陆屿初的语气很冷淡，说着要下楼。

唐棣华站在高几级的台阶上没有动，嘴唇抿得很紧，在陆屿初即将到达台阶底端的时候喊了一声："是找顾盼吗？"

陆屿初脚步一顿，下课铃声适时响起，清脆的金属敲击声响彻校园，声控灯随之骤然亮起。

"我下午去中庭步行街的时候碰见她和朋友在逛街，还说什么要买礼物准备晚上告白……"唐棣华语速很快，最后几个字因为高音调有些破音。

她看见陆屿初慢慢地转过头来，遥遥地望着自己，眼神冰冷。

一阵夜风顺着走廊吹过，她脸颊边的头发随风飞舞，唐棣华有些发颤地抚了抚胳膊。

Chapter 15 　/ 我喜欢他这件事，多少次都不会变 /

"咚咚……咚咚……"耳畔是激烈的心跳声，顾盼着急地在麦域里寻找，空包厢、卫生间，都没有找到荆楚婕的影子。

她推开门一头扎进人山人海的街头，那一张张迷茫淡定的脸，她突然之间就好害怕。她有那么一个感觉，如果她没有立刻跟荆楚婕解释清楚，她们之间的关系就会像马路上呼啸而过的车辆，越来越远，越来越远……

然后在未来的某一天，我们面对面擦肩而过，会陌生成彼此都不认识的人。顾盼忽然想起这么一句话。

陶茬彦一出麦域的大门，就看见顾盼浑浑噩噩地站在门口，连忙上前拉住她。

"你要去哪儿？"

顾盼甩了一下，没甩开。

"放手。"顾盼平素和他们待在一块就不喜欢说话，碰上她心情不好的时候，就更是惜字如金。

"荆楚婕回学校了，小八打电话给我说你手机打不通，问了怎么回事，我没说。"陶茬彦一口气说完。

顾盼这才掏出手机看了一眼，早就因为没电自动关机了。当顾盼睁大眼睛看过来的时候，陶茬彦有些心虚，心情有些沉重，但他没有躲。

"我送你回学校吧。"陶茬彦说着就向那辆粉红色的福喜走过去。

顾盼看起来还有些犹豫，陶茬彦抿抿嘴，扭头玩笑着说："放心吧，我现在是清醒的。"

在排气管的轰鸣声里，顾盼跨上后座，车身的震动让她头皮发麻，她的心里有些复杂。

伴随着下课铃声的响起，校园里恢复了热闹，伴随着嗷嗷怪叫，从走廊这头传到那头。

"我知道了。"陆屿初收回视线冷冷地说，转过身去继续下楼。唐棣华咬咬牙跟上。

这是二楼，下去就是一块水泥坪，然后就是差生逃课常去的那堵围墙。陆屿初笔直地站在一楼的柱子边，望向围墙那边，唐棣华顺着他的视线看过去。

教室里照射出来的白光，把楼下这一块地方照得还算清楚，陶茬彦正站在围墙这边，朝围墙上伸手，一个女孩儿紧接着跳了下来，落地的时候有些不稳，陶茬彦赶紧上前几步扶了扶。

等她站稳脚步，唐棣华看清楚女孩儿的样貌，是顾盼。

唐棣华忍不住勾起嘴角，向陆屿初靠近了几步，声控灯橙黄色的光适时亮起，突如其来的亮光惊扰了那边的两个人。

陆屿初从来没有像这样用力地去看着一个人，他仔细捕捉之下，顾盼脸上的惊慌还有讶然一览无遗。

顾盼还没有反应过来，她迟钝地望着陆屿初，看到他薄得冷淡的嘴唇抿得很紧，他的身边站着的是……唐棣华？顾盼的脑袋上像是被重重地敲了一下，陶莛彦不知什么时候站到她的身边："该走了。"

拖着她的胳膊肘就要沿着教学楼另一边离开。她一脑子糨糊，被拖得脚步踉踉跄跄。

"顾盼……"陆屿初的声音穿过凉水一样绵薄的空气，让顾盼本能地驻足，却换来陶莛彦更用力地拉扯，她踉跄一下差点扑倒在地，陶莛彦急急忙忙地搀住她。

陆屿初每一次叫她的名字，她都能想到层峦叠嶂里传来的晚钟悠扬，就像是一次洗礼。她转过头，在夜色里看见陆屿初不发一言转身离开的背影，还有唐棣华得意的笑容，就像示威一般双手紧紧缠上陆屿初的胳膊，跟随他离去的脚步。

"你不去找荆楚婕吗？"陶莛彦知道她在关注什么，试图转移她的注意力。

顾盼看了看陆屿初离开的方向，挤出一个牵强的笑，道"走吧。"

174 ///

　　在拐角的时候，陆屿初甩开唐棣华的手，唐棣华脸上还没有来得及收敛的笑容立马凝固。

　　"我们并没有这么熟。"丢下这么一句，陆屿初转身离开。

　　唐棣华的双脚像是向下衍生出庞大的根系，怎么也挪不动步子，她有一种预感，有些话现在不说，以后可能真的就再没机会了。

　　"陆屿初你不要装傻，我喜欢你，难道你感受不到？"好像用尽全身力气，唐棣华觉得浑身都在打哆嗦。

　　陆屿初幽幽地回过头："与我无关……"

　　"我长得好看，成绩也不错，家世条件也很好，我相信在勒川没有比我更好的女孩儿。我知道你成绩好，和我在一起将来我们可以出国留学。你要不要和我在一起？"她虽然是在发问，但是语气中的趾高气扬表示她没有准备接受别的答案。

　　"我有喜欢的人。"

　　虽然陆屿初没有说出名字，但是那个答案在唐棣华心底呼之欲出，被拒绝的窘迫和难堪像一股阴凉的风从地底爬上了她的脚掌，顺着血管在全身循坏，她感觉胸口像是被一只大手紧紧攥住，忽然之间空气就开始稀薄，她大张着嘴用力呼吸……

　　陆屿初急于甩开她，他心里很乱，需要一个人静一静。

　　身后传来沉闷的响声，陆屿初拧着眉转身，被唐棣华白着脸靠着墙角下滑的样子吓得不轻，他赶紧跑到她身边，问："你怎么了？"

　　回答他的是唐棣华越来越急促的呼吸声，像是喘不上气，又像是哮喘病人每次呼吸都有"呼哧呼哧"的换气声。

犹豫了一瞬，陆屿初将她拉到背上，飞快地朝医务室跑去。

顾盼赶到荆楚婕班上时，荆楚婕的东西早就已经收拾干净，问过和她关系好的同学才知道，荆楚婕确实回来过教室一趟，但只是收拾了东西就又走了。

看样子荆楚婕是真的不想看见她了。顾盼失望地向五楼自己的教室走去，陶茌彦亦步亦趋地跟在她后面。

教室里，老师在讲台上埋头准备明天的课案，笔尖划过纸面的唰唰声被无限放大，后桌趴倒一片。

同桌看顾盼眼神定定地望着陆屿初空荡荡的座位，赶紧贴心地解释："他晚自习上课前说有事，现在还没有回来。"

顾盼轻声说："我知道。"

整节自习课，她都保持这么一个姿势，而她等了一节课的陆屿初却一直没有回来……

下课铃声响起，走廊上顿时就像沸腾的水，无数人影惊破了地面上沉默的灯光。顾盼昏昏沉沉地离开教室，一直靠在后门等着的陶茌彦一看她出来，赶紧站直身。

"我送你回去吧。"

顾盼自顾自埋头走，没说好，也没说不好。

陶茌彦就这么跟在她的身边，时不时侧目看她一眼，然后沉沉地呼出一口气。

一路无话，夜晚压在树梢和路灯顶上，落下沉甸甸的影子拖在两人身后。

就这样，两个人默契地对今晚的一系列事闭口不提，假装什么都没有发生。

"我到了。"顾盼缓缓开口，眼神落在楼梯口那辆熟悉的自行车上。

陶荏彦无意识地抬起头望了眼熟悉的门栋，原来已经到了啊，这么快啊。

"好像每一次和你在一起，时间都会过得特别快。"陶荏彦笑。

顾盼不知道该怎么接话，但还是无比认真地说："我有喜欢的人，所以你不必再浪费时间。"

陶荏彦眼神晃了晃，露出他招牌的笑容："我知道。我今天说这个没有别的意思，也不是想逼你做决定，我只是……只是有些后悔，当初不应该隐瞒自己对你的喜欢，什么狗屁面子！我应该在荆楚婕开玩笑说我是不是喜欢你的时候，就大大方方地承认。是，我就是喜欢你！"他的眼神有少许错位，好像想要透过顾盼看到那个少不更事的自己，那些荒唐的、自以为无所谓的自己。

顾盼抬起头尴尬而紧张地想要岔开话题，陶荏彦连忙说："你别说话，你先听我说。这些话，我可能再也没有机会告诉你。现在我没有别的目的，我只是想要让你知道，我绞尽脑汁让你开心不是因为我们是朋友，我对你好、我护着你、心甘情愿被你欺负，不是出于我是你好哥们不是朋友义气，是因为我喜欢你，我……"

陶荏彦脸上肌肉紧了紧，继续说："我不想在你背后追得我自个儿都感动，到头来你依旧把我摆在朋友的位置。那太悲哀了，真的。"

顾盼望着他，她一直觉得陶荏彦是那种捅破天都无所畏惧的人，他张扬外露、随心所欲，十句话里有九句半都不靠谱，所以顾盼从没把他那些玩笑般的在乎放在心上。

但是他此刻是那么认真，认真到每一个表情都写满深情，同时也写满绝望。

顾盼犹自斟酌着该怎么回复，她实在不擅长应对这样的处境，面对陆屿初时的那点小机灵和小滑头这时候都纷纷罢工。

"我知道你喜欢陆屿初。"陶荏彦自嘲地笑，顾盼喜欢陆屿初，这并不是秘密。他退后两步靠在树干上，仰望了一眼沉如墨色的天空，"第一次见你的时候，是在七中门口。"

七中就是他们初中的学校。

"那时候你被一帮小太妹欺负，我正好撞见。你被扇了一巴掌，我第一想法是，那该多疼啊，可是你竟然没哭。我见过女生打架，随随便便就哭得稀里哗啦。我当时很好奇，你什么时候会哭？那时候你正好望过来，那个眼神，我能记一辈子。"陶荏彦掏了掏口袋，摸出一根皱巴巴的烟。

"别人都觉得无趣走了，你一个人不声不响地捡起散落一地的东西，不管周围的指指点点，就那么淡定，好像刚刚遭欺负的不是你。我就想，让这样一双眼睛里有我的影子，那样的场景是什么样子。"

顾盼一直不出声，她的记忆跟着陶荏彦的述说穿梭。

那是初二的时候，陆屿初突然对她视而不见，而她也还在每天被人欺负找麻烦的日子里打滚。勒川只有这么大，那些被泼在身上的脏水却变成了污点，犹如附骨之疽。

　　大概是人人都觉得一个杀人犯的爸爸、一个靠依附不同男人养活的妈妈一定生养不出什么好小孩儿，所以顾盼从小就被街道上学校里那些好事的小孩儿骂作小偷，被所有人排斥、责骂、厌恶。她活得就像在阴暗角落里的抹布，人人都可以上来踩一脚。

　　就是在那样的日子里，没有陆屿初庇护的日子里，她遇上了陶茌彦。那个第一个保护她的少年从天而降。

　　陶茌彦指尖的猩红火星渐起渐灭，他的眼神落在顾盼身上，带着缅怀和遗憾，他说："后来越接近你就越发现，你也会跟在一个人背后，远远地安静地看着他，看着他的时候脸上会有浅浅的笑，哪怕那个人连一个眼神都不会分给你。"他的话尾很轻，像夜里偶尔会传来的笛音。

　　有风送来，带着夜晚微醺的舒适，陶茌彦终于把心底的话一股脑说出来了，不得不承认，这一瞬他如释重负。

　　顾盼不语，望向浓浓的夜色，只要看到远处的路灯，就能想起那灯光下陆屿初的侧颜。

　　"我喜欢他，算算时间已经快要十年了。"她悠长的语调好像在说别人的故事，"我们家住对门，从小到大我没有朋友，我妈妈也从来不管我，我几乎说得上是吃陆家的饭长大的。我从小就崇拜陆屿初，他很厉害学习成绩很好性格也与众不同，他不会像别人一样骂我野孩子，不会跟其他小孩儿一样说我是狐狸精的女儿、天生的小偷。"

　　陶苲彦皱皱眉，他好像可以明白，为什么初中的时候顾盼会被欺负得那么惨。

　　顾盼的童年实在谈不上美好，但是因为有陆屿初的存在，顾盼仍觉得不能遗忘。

　　"他会在我躲起来哭的时候安慰我；我一个人在家，他担心我害怕，会用小石子砸我家的阳台，让我知道他也在，那个声音陪伴我整个的童年，直到现在我再也没有听到过比那更有安全感的声音。他是我那时候唯一的一点温暖。我有时候会想，大概是上帝看我太可怜，才安排了陆屿初来人间安慰我。"顾盼的声音平静，好像过去的灰暗日子已经化成海上虚无缥缈的雾，她脸上的笑容那么恬静，就像烟火盛开后天空中炸开的余韵，久久不散。陶苲彦看得有些痴了。

　　"那如果没有陆屿初，或者我和他同一时刻出现在你的生命里，你会不会……"陶苲彦知道，这是一个毫无意义的假设，但是他就是想求个明白，或者他仍然想证明并不是自己比不上陆屿初，不是自己做得不够，而是时间错开了最好的时机。

　　顾盼轻轻摇头，她望过来的眼神就像是在劝一个不讲道理的小孩儿，她说："这和出场顺序无关。再来多少次我还是会和现在一样，我喜欢他这件事，多少次都不会变。"

　　陶苲彦歪着头想了一阵，如果那时候他们真认识了，依他的性格，恐怕和顾盼口中那些戳着她脊梁骨的人没什么分别。

这时候陶苙彦才肯承认："我确实做不到。"

顾盼想不到，陶苙彦会是第一个听她心底秘密的人。对于陶苙彦，她是感激的，他帮助她许多，教会她很多，他张狂且不羁，但他从未真正伤害过谁，他是一个她人生中最重要的朋友，很重要，差点就要和陆屿初一样。

但是，人的一颗心里，怎么能贪心地住两个人呢？

"好了，现在我知道我输在哪里了。"陶苙彦长长地舒了一口气，但是胸口却像是经历了一场泥石流，翻天覆地，满是泥泞，"你在那个好运的浑蛋身后追得累的时候，可以回过头看看。"陶苙彦说着，用手捶捶自己的胸口，"我在呢。"

"那我这个好运的浑蛋也想对你说一句，记得回头看看。"顾盼苦笑。她说的是荆楚婕，但是她不能代替她说出心意，只希望今天过完以后，陶苙彦会看清楚对他好的是谁。

不远处的台阶上，陆屿初站在晦暗不明的楼梯口，正对着陶苙彦，面色沉重。

"浑蛋。"陶苙彦轻轻吐出一句咒骂，顾盼不明所以。

Chapter 16　/ 说到底，他还是嫉妒陶荏彦的 /

在陶荏彦抱过来的时候，顾盼还没有反应过来。

少年陌生的气息扑面而来，顾盼惊慌失措地推开他。

被推开的陶荏彦却混不吝地嘟囔一句："我醉了。"

他嘴里说着醉，但是眼神却无比清醒，直直地望向顾盼身后。顾盼捕捉到他的异样，心里咯噔一下，直觉有什么不好了。她连忙转过头，果然捕捉到楼梯口的背影。

顾盼有种脚底一软的惊恐，那个裹着寒气从黑暗中走出，眼神也没给她一个继续走入黑夜中的少年，让她有种灭顶之灾来临的恐慌。

在被推开的那一瞬间，陶荏彦知道自己是真的输了。因为一个甚至不太清楚的背影，因为一个拙劣的挑衅，就惊慌失措的那个女孩儿，他输给了她的执着坚定。

"陆屿初！"顾盼终于在二楼的台阶上抓住了陆屿初的衣袖。她发誓，哪怕是初中为了和陆屿初同校跑的那打破自己记录的800米都没有现在快。

陆屿初没有回头，但是停住了脚步。

"你放手。"他很平静。

顾盼几步蹿上台阶，挡在他的面前，急切道："不是你想的那样！"

"哪样？"陆屿初竭力维持平稳的语气。情绪竟然不受控制，这让他觉得耻辱。

哪样？顾盼有些错愕，本来就没什么，她要怎么说？

陆屿初见她不说话，颇有些咄咄逼人的意味："嗯？我想的哪样？你知道我想的是哪样？"

"我……我……"顾盼不知道该怎么解释，她在思索该从哪里开始说起。

"你不用想了，我根本不想知道你的事情。"他的声音像冰一样寒冷。

顾盼就像被踩着尾巴的猫，脱口而出："为什么不想知道？我喜欢你，你难道一直不知道？"

"你喜欢的还有谁？陶荏彦吗？那你还是把我摘出来吧。"陆屿初讥讽道。

"那你呢？你心里有谁？唐棣华吗？"顾盼说完就后悔了。

彼此的一字一句在此刻都化成匕首，狠狠捅进两个人的心里。

陆屿初深深地吸了一口气，他觉得现在他最需要是一个人安静安静，再说下去他担心自己会说出更不可收拾的话语来。

"等我们彼此都冷静下来再说吧。"

"为什么不能现在说清楚？我和陶苙彦没什么，以前没有，刚才没有，以后更不会有！我喜欢你，你呢？"顾盼执拗地想要个结果，既然戳穿了，那就不要留着疑惑过夜了。

陆屿初的心情糟糕透了，这一晚上的情绪就像坐了一趟九曲十八弯的过山车，在经历了最开始的惊惧，后来的沮丧、愤怒，到现在混乱成一堆乱七八糟的东西，统统压在他的大脑里，而刚才撞见陶苙彦抱着她那一幕，充其量只是点燃这些情绪的导火索而已。他恍然觉得有些熟悉，像是穿越了时光通道，时间飞速倒退，过去和现在突然相连，回到了初一那个阳光丰沛的午后。

"你知道初二的时候我为什么突然不和你来往了吗？"他突兀地说。

顾盼不明所以，但还是点了点头。她每每想起那个没有答案的记忆，心里的难过就像是一块蓄满水的海绵，轻轻戳一下就会满溢出来。她很想问，但是她一直不敢。

她不知道，陆屿初接下来要说的，是一段她完全不曾参与、不敢想象，但又对她、对他们造成深刻影响的荒诞的往事——

那是2004年盛夏，陆屿初因为辩论赛的赛稿落在家里，向老师请了假回家去取。

康园路两边长满了丰盛的银杏树，苍翠欲滴。蝉鸣阵阵，聒噪而又安稳。

他在小区门口的小卖部买可乐，那种透明玻璃瓶红色金属盖的可口可乐，正当他满心欢喜地从红色的篮子里抽出一瓶，瓶身撞击发出"乒乓"响，深褐色的液体里滋滋向上蹿出一溜气泡，就像他欢腾的心情。他听到小卖部里传来一阵窃窃私语："你知道咱们小区里那个老陆吗？"

陆屿初很讨厌这些扎堆八卦的妇人，因为从她们嘴里传出来的多半言过其实。他觉得她们愚蠢极了，尤其是在当她们说顾盼的时候。

"是那个在学校教书的老陆吗？"

"就是他啊，你知道他们家正在闹离婚吗？"

陆屿初心里咯噔一声，僵在原地，不敢发出一点声音，尽管他心里一点儿也不相信。

"哎呦，你是不知道啊，我刚才可看得真真的，老陆啊，和顾家那个狐狸精好上啦！"

"真的假的？"

"我可告诉你啊，就刚才呢，那狐狸精搀着老陆上的楼，看样子是喝醉喽，你想啊，那喝醉了以后，孤男寡女能有什么好事啊？"

……

店里的对话还在继续，谁都没有注意有一个高瘦的身影从门口闪现又离开。

　　陆屿初跑得肺里刺痛，他想起这段时间爸妈确实有些反常，最近总在半夜趁他睡着后压着声音吵架，有时候还能听到妈妈轻轻的啜泣声。去年过年的时候，妈妈还在说想要搬去外省……

　　难道……陆屿初不敢想，熟悉的楼栋门、熟悉的台阶，他一点一点靠近家门，心里却像是一点一滴落下千钧之力。

　　门没有关紧，他看到自己的手慢慢地伸向它，他屏住呼吸推开一点，慢慢将脑袋凑近。

　　他看到爸爸烂醉如泥地躺在沙发上，双手握着顾美琇的手，醉眼蒙眬地央求："别走，别离开我……"

　　顾美琇正半蹲在沙发前，一只手将陆一言的双手按在沙发上，另一只手正解着他的衬衫纽扣。

　　"好好好，我不走，不走！"顾美琇娇俏地回应。

　　……

　　顾盼目瞪口呆很久，才从陆屿初的叙述中回过神，她讷讷开口："后来……"

　　"后来晚上回到家，家里一团糟，我妈离开了……"

　　不知道是哪一家在看什么剧情哀婉的电视剧，楼道里一片漆黑，背景音乐的旋律连绵起伏，在他们的周遭盘旋，然后跌进月明星稀的夜色里，越来越远、越来越远，远成她穷尽一生也触不到的距离。

　　"我常常在想，如果那时候妈妈说要搬家，我没有因为担心你一个人在这里会过得不好而拒绝，我们一家人也许就离开了这里，一切也许又是另一番模样……"陆屿初道。他永远记得他站在灼目的日光里，一遍遍告诉自己，这是假的，是虚幻的梦境，但是当他睁开眼睛，眼前一片血红色的虚影。

"这不是你的错！"顾盼说。直到这一刻她才终于明白，难怪那天下午她去找他，他毫不客气地一把将她推开。

"刚才，在我下楼前，我在楼梯口碰见你妈妈对我爸爸说：'要知道，当年我可是很心仪你的，可惜你已经结婚了……'"

"咚咚咚……"

顾盼心跳声在耳边越来越清晰，像是奇怪的暗号，又像在配合着耳边古怪旋律的节拍。

陆屿初嗤笑出声。

夜越来越深越来越安静，他的笑声，像是一颗石子投进看似平静的湖面，激出一连串的不平静。

他说："顾盼，我多希望我从来没有遇见过你。"

……

顾盼回到家，顾美琦果然就在沙发上等着她："你怎么这么晚才回来？我不在的这段时间，你是不是又到处野了？"

顾盼径直向卧室走去，她觉得很累，但是顾美琦一直跟在她身后，不停地数落："今晚唐朝本来要跟着我一块来，还好我说棣华一个人在家不安全没让，否则要他看到你这副样子……哎哟，阿盼啊，你能不能让妈妈省点心啊，向唐家那个女孩儿一样做个大家闺秀，你以后也是唐家的女儿了，到时候出门丢了脸面，妈妈怎么在唐家立足……"

　　顾盼心里一阵狂躁，她转身问道："妈妈，你喜欢陆叔叔为什么要和唐朝结婚？"

　　"你听到什么了？"风马牛不相及的问话，顾美琤眼珠一转就意识到了什么，"那只是玩笑话，我和你陆叔叔开玩笑呢。难道你以为妈妈是身边随便一个谁都可以过下去吗？我和你陆叔叔那是老朋友了，我拜托他照顾照顾你……"

　　顾盼笑了，自顾自地说："是啊，在妈妈的心里，感情就是可以随便说出口的玩笑话。"她抬起头，眼神里带着绝望，"那妈妈对爸爸有感情吗？对我有感情吗？有过吗？"

　　她从来没有这样痛恨过顾美琤，不论是小时候一个人在家怕得要死饿得要死的时候，还是身边有人指着她说顾美琤不知检点的时候，她都没有产生过痛恨的情绪，也没有嫌弃过妈妈，妈妈有不得已的苦衷，妈妈所做的一切都是为了她。但是，现在顾美琤再也不是之前那个逢男人就谄媚贴上去的样子，她一身光鲜，雍容华贵得像是与生俱来的，这样的妈妈让顾盼觉得十分陌生。

　　往昔就像走马灯一幕幕在眼前放映，只有她一个人的冷冰冰屋子，从来没有烟火气的厨房，家长会上永远缺席的空座位……

　　"这个世界上还有没有你真心对待的人？如果我可以换钱，恐怕你早早就把我卖掉了吧？不然为什么你连做个疼爱女儿的样子都不愿意呢？"

　　有些事情藏在心里也就罢了，但是一旦扯出来，就像是海潮一般狂卷而出，带着毁天灭地的力量。

　　顾美琤看着顾盼脸上痛苦的神色，心里也跟着一痛，连忙说：

"妈妈不是……"

　　顾盼看着她那样，心里跟着一软。但是她又想起与唐朝和唐棣华第一次吃的那顿饭，顾美玚和唐棣华言笑晏晏母慈子孝的样子，更衬得她越发蠢钝，仿若她是走错饭局的局外人，而他们才是温馨的一家三口。

　　她眼神一黯："我在这里过得很好，不会妨碍你，也不需要你带着家人来看望我。"好像害怕自己心软，立马接道，"我想睡了，您也早点休息吧……"

　　"咚"的关门声响，像极了讲话本子的先生拍着厚重惊堂木的落幕声。

　　一扇薄薄的门板就像稳固的楚河汉界，将两个原本应该最亲近的人，轻易地划分在两端，针锋相对。

　　这个夜晚，随着时间的流逝，夜色越来越浓，但是睡不着的人，反而在深夜里越来越清醒。

　　已经四月，气温渐渐回暖，雨水渐渐少了，清晨时分的勒川常常被包裹在薄薄的雾里，随着太阳升起，露珠也跟着蒸发消散。

　　而午间的太阳却像是在地面上架起的一把火堆，灼得人闭上眼都是一片血红。

　　午间的两个小时休息，很多人选择在学校附近草草吃个中饭，然后回教室睡一觉。而喜欢篮球的男生，则是成群结队地奔跑在球场上。

达霖和陆屿初在配合传球给同伴后，一个上篮，橙红色的篮球骨碌碌地绕着篮筐转了两圈，眼看着进了球，陆屿初擦着额头上的汗珠慢慢走回自己那边的半场。达霖喘气小跑跟上他，用肩膀撞了他一下。

"哎，你和顾盼是闹别扭了吗？老看见你躲着她走，上下学也不和她一块。"达霖这几日来找陆屿初越发勤快，他疑惑极了，明明半个月前陆屿初还和顾盼"如胶似漆"，就连下课自己来找陆屿初，常常也是三言两语被他打发。

"我就乐意一个人，别说得好像我离不开她一样……"陆屿初连个眼神都没有分给他，接住队友抛给他的水。

达霖翻了个白眼，望了眼坐在不远处草坪上的顾盼。

"一个人最酷同时也是最矬的时候，就是心中没有喜欢的人也没有女孩子喜欢的时候。不巧我现在就处于这种状态！我这么苦逼，有些人还身在福中不知福哦……"

达霖的古怪腔调惹来陆屿初的一瞥，悠悠说："你喜欢？你去啊！"

"我喜欢人家，不见得人家喜欢我啊。"

"哦？是吗？"陆屿初的声音里透着一丝寒气。

达霖连忙挥手，示意自己是开玩笑的："顾盼压根就不是我喜欢的那款……"

陆屿初慢慢运着球走开，达霖望着他背影做了个鬼脸，在陆屿初看不见的地方咬牙咒骂道："死傲娇！"

　　说起来，达霖好几次在陆屿初班级的门口和他闲聊时，总发现这家伙心不在焉，好几次以后他留意了才发现陆屿初是在看顾盼。

　　分明是在意人家，还故意装出一副满不在乎的样子惹人伤心。达霖不满地想，又扭头看了眼不远处的顾盼。达霖心里嘀咕：可惜人家看不上自己。转念又是疑惑，为什么女孩儿们都看不上自己呢？一定是自己太优秀，才让人望而生畏，不敢靠近！

　　顾盼抱着膝远远地坐在草坪上，这样的光景好像又回到了初中，她远远看着远远跟着陆屿初，他跟达霖笑闹、他在阳光下奔跑、他对她漫不经心一瞥又急促移开的视线……

　　顾盼觉得自己变了，好像陆屿初和其他人在一起笑得越开心，她就越难过……

　　她总是想起那天晚上，陆屿初说：好希望从来没有遇见过你。

　　以往这些心事都是告诉荆楚婕听，但是荆楚婕自从那天晚上之后，也没有再来学校，据说是请了长假。

　　有太多的东西堆聚在胸口，她觉得她的心里就像是经历地震后的大地，遍布疮痍。

　　而生活就像是震后纷扬的尘埃，时不时添砖加瓦。

　　就像现在，他靠在后门不知道在和达霖说什么，说到有趣处，勾着嘴角坏笑着踹达霖一脚。

　　顾盼摸着胸口，那里面窒息一般的感觉让她忍不住皱眉。正当她要闭上眼睛的时候，她看见从教室前门走向陆屿初的人。

唐棣华越走，距离陆屿初越近，有好事的男生嘴里怪叫着。

"喔……"

周围起哄的人越来越多，青春期的少男少女好像总是爱玩这种把戏。

唐棣华因为不好意思而面色潮红，深深刺痛了顾盼的眼睛。她扭过头去，想要装作视而不见，但是那边的动静却不小。

唐棣华怯生生的声音传来："陆屿初，下个月有个省里举办的青少年主持人大赛，老师说我们班要出两个名额，就定了我和你……"

陆屿初的演讲水平是整个高中部都出了名的，像这种为班级争光，替校争光的比赛少不得有他一份。

"知道了。"陆屿初懒洋洋地答了一声，装作低头不经意扫了顾盼一眼，顾盼别着头不知道在看何处。

唐棣华不肯走："老师说，让我们找时间去他办公室练习……"

"这新同学还真是司马昭之心，那点心理活动全都一清二楚地摆在脸上。"同桌声音不大不小，正好周围的人都能听到。

"那又怎么样，人家又不是配不上，家世好样貌好，这条件给我，我也分分钟敢迎难而上啊！"一个看热闹的男生坐在课桌上笑嘻嘻地说。

"不止家世样貌哦，我上周在家帮着家里清报纸的时候，没想到居然看到了唐棣华的照片！"

听到这里，顾盼悠悠插了一嘴："寻人启事还是通缉悬赏？"

不知道是不是故意，她的声音刚好让周围的人都听了个清楚，周遭静默一瞬。

"扑哧！"身边传来一声笑声，顾盼扭头看到骆淼忍俊不禁的脸，骆淼倒是被她看得有些不好意思，周围的视线也从顾盼那儿转移到她身上，她又有些局促。

"看什么看，主角在那边。"顾盼脑袋撑在桌面上，手指了指教室后门。

教室后门的陆屿初虽然装得一副"你们闹吧闹吧与我无关"的冷漠样子，但是注意力却一直放在顾盼身上，乍一听到顾盼的话，也是一愣，跟着哑然失笑。

不怕事大的达霖早就已经笑得花枝乱颤了，暗暗给顾盼点了无数个赞，同时庆幸还好不是顾盼的敌人，这一针见血的毒舌功力岂是他能抵抗的。

唐棣华自然也听到了，心里恨恨咬牙，面上却不敢显露，听到有人窃窃讨论她向陆屿初示好，反而大方承认道："没错，我就是喜欢你。那陆屿初，你要不要接受？"她说话的时候，分出一瞬望向顾盼，十足十就是挑衅。

众人皆被这大胆的告白给震撼了，同时下意识地望向座位上的顾盼，只等着两个女主角为男主角厮杀打斗……

果然，顾盼闻声而起，随手推开桌子，桌子与地面摩擦出尖锐刺耳的响声。

大家狼血沸腾，等着她的现场发作。

顾盼一步一步走向靠在门框上的陆屿初，只要稍一偏头，就能看到唐棣华漂亮的脸，以及刺眼嚣张的笑容。

陆屿初斜眼看着她，顾盼蹙着眉眼狠狠盯了他许久，什么也没说，从他面前走过去的时候，不经意地狠狠踩了他的脚尖一下。

"嘶——"陆屿初倒抽一口气，低头看着她嚣张地从自己眼皮下走过。

顾盼几乎是跑着下的教学楼，憋着的一口气终于放松下来，她眯着眼看阳光里的尘埃，闭上眼感受温软的眼皮包裹酸涩的眼睛，还有眼前的一片血红色。

这么多的感觉就像一口喷发的火山，诸多情绪瞬间涌上来，让顾盼眼泪都差点出来，鼻头酸涩哽咽得难受。

不一会儿就晃到操场上，那里只有寥寥几个班在上体育课，她从器材室领了个篮球，向跑道边的篮球场走去。

陶苙彦上课上得无聊，正伙同班上几个男生打算翘课去校外，路过操场时，身边一个小弟透过黑色铁栅栏望见篮球场上的顾盼，赶紧汇报道："彦哥你看，顾盼在那儿投篮呢！"

自那天以后，陶苙彦再没有刻意去找过顾盼，偶尔遇见也只是简单打个招呼，然后目送顾盼离开。所以他只是看了一眼，便扭头一拍小弟的脑袋："走吧。"

　　顾盼几乎是机械性地进行着一系列投篮操作，以前看电视里说过：人体的肌肉有记忆效应，在一个动作不断重复成百上千次后，肌肉会形成条件反射。

　　顾盼现在就是这样的状态，表面平稳，但她的内心却像是惊起成百上千只飞蛾，磕磕碰碰地一齐飞上天空，扑棱着翅膀在空中撒下微末的磷粉，闪烁着诡异的碎光，洋洋洒洒……

　　在她的记忆里，陆屿初三分球投得最好。顾盼高一时候看他打了几次篮球比赛，就不依不饶地磨着他教她了。刚开始练习的时候，顾盼十个能有一个挨到篮筐就算不错的了，所以陆屿初总是笑话她。

　　那是顾盼第一次知道许多看起来轻而易举的事情，只有亲自去尝试后，才知道，根本不是你想的那么简单。

　　后来，每当陆屿初放学之后要打篮球，顾盼就会在一边练习三分球，一边等他。久而久之，她的技术也算不错了。

　　"哐当——"完美的抛物线，篮球顺利入筐，落地后从地上弹起来，一步一跳。顾盼跑过去把球捡起，又回到原位，重新举起篮球，如此反复。

　　操场上跑步的学生，每每路过她，都会看一眼这个奇怪的人，眼睛不由自主地跟着她手里再次被抛出去的篮球，就在篮球即将入筐时，一双手从篮筐边将球截了下来。跑步的同学越过球场还在歪着脑袋看，高挑的男生大掌张开，篮球稳稳地被控制在他掌心。

　　是陶荏彦。

"把球给我。"顾盼气息不匀，只觉得嗓子眼里干涩得快要冒烟。

陶苣彦的手掌托住篮球举过头顶，歪了歪脑袋，好像在说你来抢啊。

顾盼压根不吃他这套，向他伸手。

陶苣彦在心里叹了口气，垮了肩膀，无奈地看着她，心想真是不可爱，却还是把球交到她手里。

"你很无趣啊。"陶苣彦说。

"你很无聊。"顾盼瞥他一眼，挖苦道。

"你休息一下——"

顾盼拒绝："不了。"

陶苣彦无奈地笑了笑，将手中的矿泉水搁在篮球架下。

"练三分？"陶苣彦半靠在球架支撑杆上，在篮球落地后接住，然后抛给顾盼，两人一个投，一个捡，倒也默契和谐。

"不是。"顾盼接住球又向前抛，但是一个用力过猛，收不住力身体被往前一带。

陶苣彦接住球正要抛给她，就看她歪着身体要摔的样子，连忙箭一样窜过去，撑住她的手臂。

"谢谢。"顾盼站稳后，推开他的手，又要去捡球。

陶苣彦盯着自己伸在半空的手掌："顾盼，你到底在想什么？"

顾盼弯腰的动作一顿："我在看我是不是真的运气那么差。刚才路过球场的时候，我和自己做了个约定，如果我能够连续投进100个三分……"她顿了顿，喉咙的涩痒让她说得有些艰难，"我就放弃陆屿初。"

她双手抱着球，这时候手臂已经很酸，但是心里的酸涩更严重。

陶茬彦被自己心底横空生出的愤怒吓了一跳，不应该是高兴吗？顾盼终于要放弃陆屿初了，他不就有机会了吗？可是那心疼和愤怒来得那么猛烈，烧得他恨不得抓陆屿初出来打一架。

他心爱的女孩儿为了一个男孩儿失魂落魄，可是那个浑蛋却一无所知！他真的很生气！

刚才路过篮球场的时候，他也想让自己就这样视而不见，但是在路过小卖部时，却鬼使神差地冒出"顾盼会不会渴"的想法。于是他买了水买了纸巾来到这里，却看到了他的女孩儿惨兮兮的样子。

顾盼感觉到一阵风一样的人来到自己身边，一阵很大的力道砸在她手里的篮球上。她一个没扶住，篮球脱手，砸地的声音很响。

陶茬彦吼："你自虐一样地为难自己是想要老天爷可怜你吗？"

顾盼被他吼得一愣。

见她那副可怜兮兮的样子，陶茬彦忍不住叹了一口气，放低声音说："你好歹是老子看上的人，能不能不要这么弱？你但凡后退一步都不是老子看上的那个顾盼！"

说完，他把矿泉水瓶扭开，恶声恶气地送到顾盼面前，半道又收回来，用手心小心地拭去瓶身溅出来的水，一边递给她一边不甚在意地说："有什么了不起，不就是喜欢上一个人，喜欢就该像电线杆一样台风都吹不倒啊！当初认识你的时候那股要么打死我，要么赶紧滚的底气呢？这么多年被你吃了吗？"

顾盼心口微微发烫，难堪地偏过头："那如果有情敌呢？"

"有竞争对手是好事啊！说明你没看错，而你要做的就是比对手更优秀。"陶苒彦一只手按在她的肩膀上，另一只手将她的脸扳正，他的眼睛里有一种类似蛊惑的光芒，"你可以的，我看上的人是这个世界上最最最最厉害的！这一点，你要深信不疑！"

顾盼目瞪口呆，简直不敢相信这是从陶苒彦口中说出来的。

陶苒彦不在意地笑了笑，一眨眼又回到那种痞里痞气的调调："像我就只能在身后看着你一样咯。"说完他抬起手臂，想像往常一样揉乱顾盼的头发，但是伸出去的手却在半空中转了个方向，轻轻地、笑着捶了捶顾盼的肩膀。

陆屿初是追着顾盼出来的。

教室里的混乱，随着顾盼的离开很快也偃旗息鼓。但是他的心也随着她在拐角消失的背影，变成了无人据守的旷野。他顾不上唐棣华说什么，也无暇搭理达霖在背后的呼喊。

他在窗口边看到操场上不断投球的顾盼，想起第一次教她的时候，她总是投不中的稚拙样子，不由自主地就跟着下来了。

其实他心里那些别扭的情绪早就消散得七七八八，他何尝不知道顾盼无辜，但那天晚上还是忍不住迁怒在顾盼身上。他很后悔自己的口不择言，但是也明白覆水难收。

而最可怕的莫过于，你想要重新开始，回忆却阴魂不散。

陆屿初走到教学楼下，隔着栏杆的夹缝，远远地望了眼球场上的两人。阳光点缀的暖色调背景，是这个球场上最温馨的画面……

　　操场边缘林立的树木争先恐后地在地面上用倒影割据地盘，建筑横梁也在阳光下争夺寸方的土地，墙角有滴答滴答的水滴慢节拍地滴落在塑胶跑道上，从地面上鼓起一个充盈着空气的小包，沿着墙角生出一小片青苔。明明外头烈日正盛，他却莫名察觉到一丝寒意从地底冒出来，爬满他的全身。

　　他顺着来时的路慢慢退了回去……

　　说到底，他还是嫉妒陶茌彦的。

Chapter 17　/ 他拿顾盼毫无办法 /

从高二上学期开始，体育课就开始慢慢从课表上缩水，所以两周一节的体育课显得格外难得。

体育老师也大发慈悲，常常只是象征性地让同学们在操场上跑两圈，然后就可以自由活动。

顾盼独自靠在球场边缘漆成黑色的铁栅栏上，从高一军训的时候，她就喜欢在有太阳的日子靠在这里，阳光炽烈或者温暖，这里总有一片被墨绿色树荫温柔遮蔽的地方。

此刻，她躲在这片地方，看云卷云舒，心里格外平静。

跑道上的学生跑了没几圈就开始气喘吁吁，体育老师看得直叹气，他身后的唐棣华抱膝坐在树荫里，头埋得很低。

小山一样的骆淼远远落在队伍的最后，艰难地迈着步子。她本来是不用跑的，可她不想成为一个异类，更不想承受那些鄙夷的眼光，虽然她知道，即使她跑了结果也不会有改变。

"嘿！"

骆淼跑得快哭了，顺着声音向树下看去。

"不用跑了，老师都走了。"顾盼向斜对面努努嘴，那边集合的队伍已经散开。

有一种无力感慢慢爬满骆淼全身。

顾盼看着双手撑在膝盖上大口喘气的骆淼，拍了拍身边的地面："别跑了，过来休息下。"

骆淼迈着如同灌了铅的双腿，忐忑地走到她身边坐下，感觉心脏要炸了一般。

顾盼先打开话头："你好像不像他们一样讨厌我？""他们"指的是班上成绩好的学生。

一个班上总是会出现各种奇妙的两极分化现象：开朗的和内敛的泾渭分明，优等生对差等生避之不及，更遑论顾盼这样的差等生中的坏学生了，就算在走廊上偶然碰见了，那些高傲如孔雀般的女生也是要隔得老开，就好像她身上携带着什么不知名的病菌，生怕被传染。

骆淼是好学生，但是她从来没有对顾盼有过半点看不起或者轻视。

顾盼有一种错觉，骆淼总是会无意识地向自己示好……

骆淼有些腼腆，不好意思地说："你也没有像他们一样笑话我孤立我啊。"

顾盼眼神一黯："因为我知道被孤立、被排挤的感觉。"

骆淼瞪大了眼睛，有些不敢置信。顾盼并不在乎被人知道这些，望着慢悠悠飘浮的白云说："被排挤并不可怕，可怕的是因为太过在意这件事，而迷失了自己。陆屿初是这样告诉我的。"

骆淼望着顾盼浅浅的笑容，说："其实我很佩服你。你可能不记得了，初二我和你一个班，你一直这么勇敢。"

"对不起，我……"顾盼偏头想了想，实在是想不起来骆淼，准确地说，不止骆淼，顾盼压根想不起来初中任何一个同学。

"没什么的。"骆淼难为情地挥挥手，笑，"这很正常不是吗？"

骆淼明白那种感觉，把一个人当作世界中心，心思和眼神全都是围绕那个人在转。只要他出现在周遭，很难再有心神去留意身边的人事物。

顾盼不善言谈，两个人蓦地沉默下来。

田径场外，陶茬彦将陆屿初拦下来。

"你到底有什么毛病？"陶茬彦冲口就是这么一句。

陆屿初傻眼，世界上居然还有这么蛮不讲理的人！莫名其妙拦下你，还问你有什么毛病？有毛病的应该是他陶茬彦吧！

陶茬彦当作看不见他的冷眼，说："陆屿初，你如果不喜欢顾盼，你就该明明白白地拒绝她，你这样不冷不热地吊着她，觉得很好玩吗？很得意吗？"

陆屿初的神色又冷了几分，眼神就像刀子一样凌厉："这是我和顾盼之间的问题。我想知道，你是以什么身份来质问我？你是她的谁？"

陶茬彦在心里骂了一句，这一句"你是她的谁"简直是踩人痛脚，但是转念一想，又觉得有趣，怒极反笑，问："你觉得我是凭什么身份？"这一句里包含的意味就有些大了，陶茬彦承认自己的不怀好意。

果然，陆屿初脸色一瞬就黑了，抬脚就要绕过陶茬彦。

陶茬彦抵住他的肩膀，意味不明地说："要你说句真心话就像请神仙下凡……"

"你就为了说这些废话……"

"我说陆屿初，你不会是吃醋了吧！"

……

而顾盼这边也有些不妙。

骆淼看着面前针锋相对的两人，不知所措。刚才她和顾盼有一搭没一搭地聊着些没有营养的话题，唐棣华突然向她们走过来。

"你根本就没有资格站在他的身边，你趁早放弃吧，你根本就配不上他。"唐棣华眼底满是倨傲。

"和你有关系吗？"顾盼整天和陆屿初在一起，把他那种气死人的淡定调调学了个十成十。

"你能不能要点脸，整天缠着他有意思吗？"

"先来后到你总该知道吧？就算按时间来算你也得老老实实排在我后面。这个世界上，除了陆屿初，谁也没有资格让我走开。"

"我是该夸你天真还是笑你无知呢？感情衡量的标准从来不是时间啊……"唐棣华"扑哧"一声笑了，恶毒道，"你以为高考之后你还有机会缠着他？高考就是一道分界线，自然会把你划分在你本就应该待的最底层，到时候你可没有你妈妈那么好运气了。"

瞬间，顾盼直感觉脑子里有根神经突然崩断，她努力控制自己想抽向唐棣华的手。

唐棣华眯着眼看着顾盼："为了不浪费我们彼此的时间，我们来打个赌吧。"

陶荏彦终于交代了自己的来意："老实跟你说吧，那天是我的生日。"

那天？哪天……

陆屿初微微皱眉，陶荏彦的思维太跳脱，上一句在说这个，下一句不知道又跑到哪里去了。

"就是你撞见我抱着顾盼的那天啊。"陶荏彦笑意盈盈。陆屿初简直想把他明晃晃的门牙敲下来。

"那天是我拜托楚荆婕带她过来，一开始也没有把握她会来，所以喝多了点。"陶荏彦自顾自地说，不可控制地又想起那个乱七八糟的晚上，负罪感慢慢爬上他的心头，语气也严肃起来，"我和顾盼告白，但是她拒绝了，她说她有喜欢的人，暗恋了快十年。"

陆屿初意外地斜眼看着陶荏彦。

"她说，那个人是从小保护她长大的人，虽然后来有了误会，但是她不会放弃。"陶荏彦靠着墙壁，一条长腿踩上身前的树干，头一回这么正经说话，让他自己都有些不习惯，"她说，你是她非常重要的人，所以她不会放弃。真是让人妒忌。"

陆屿初心里微微叹了口气。就在今天之前的半个月里，他也发了疯一般嫉妒陶茬彦。

陶茬彦瞥见陆屿初脸上淡淡的笑意，有些胃疼，摸摸口袋想掏烟，又想这是在学校里，又悻悻地把手拿了出来。

陆屿初问："你为什么对我说这些？"

"我烂好人？"陶茬彦笑了笑，眨眼又敛容屏息，"我只是希望，你如果不喜欢她，就明明白白地拒绝她，就当日行一善。"

陆屿初眉头又皱了起来，陶茬彦继续说："当然啦，最主要的一点呢，只有顾盼对你死心，我才好乘虚而入啊。你也知道我喜欢顾盼，她想要的我都会尽力满足她，虽然你拒绝她她可能会难过一阵子，但是你放心，谁还没有过不去的坎呢？伤痛总会随着时间流逝被抚平的，你说是不是？"

"下辈子吧。"陆屿初语气毫无波澜，脸色却黑得可怕，说完头也不回地绕过陶茬彦向教学楼走去。

陶茬彦这次没有拦他，心里想着"从傲娇口里撬一句实话可真不容易"，同时暗暗夸了自己一句"真是好样的"。心里戏一番后，他嗤笑一声摇了摇头，抬头看陆屿初渐行渐远的背影，自嘲道："真是个浑蛋，一点机会都不给人。"

"我也当日行一善吧！"陶茬彦将手插进裤兜，转身向着与陆屿初相反的方向大步离开了。

　　顾盼和骆淼两人回教室的路上，骆淼眼前又浮现起刚才唐棣华胜券在握的样子。

　　"顾盼，现在是四月份，距离期末还有两个半月的时间。我们就以期末考试的成绩做赌约，我也不为难你，以年级排名300名为界，300开外的，自动退出……"

　　骆淼轻声说："这并不公平……"高二年级十一个理科班，一个班级五六十人，顾盼现在是吊尾车的水平。唐棣华则刚好在300上下浮动。

　　"谁说这一定是一场公平的竞争？"这个世界上不公平的事情多了去了，"就像你们现在比不上我是一个道理啊。"

　　骆淼语塞，反倒是顾盼平静地说："好。我赌。"

　　……

　　"你和唐棣华打赌的事情，其实你不用放在心上。"骆淼不知道是出于什么心态，她觉得，对于顾盼来说那几乎是一场毫无胜算的赌约。

　　顾盼低笑起来，反问道："你知道相遇问题吗？"

　　顾盼最好的学科是数学。她常常想如果人生真的能够像数学一样，简单的加减乘除，简单的递增递减，就像轨迹可预测的函数图像，有规律可循，该有多好。

　　骆淼虽然不解，还是点了点头。相遇问题是"速度、时间和路程"三者，数量之间的问题。

"两个物体从两地出发，相向而行，经过一段时间，必然会在途中相遇。"顾盼低低地叹了口气，"人也一样，不是唐棣华，也必然是别人。问题不在她身上，在我。"

"她说得没错……我再不努力，高考那条鸿沟把我和陆屿初隔开，只是迟早的事。"变成更优秀的人吧！她突然想起陶荏彦之前说过的。

"我会放在心上，并且拼尽全力去达到。show hand 的赌徒，会比手里还有筹码的赌徒更看中手里的牌面，因为他一旦输了，就真的一无所有。我必须要比努力更努力，因为，我不能输……"顾盼收敛笑意，"他是我想要携手一辈子的人。"

骆淼张了张嘴，却也不知道要说什么。

随着时间的推移，阳光里的温度也在逐日攀升。与此同时，陆屿初的心里也一天比一天焦灼。

他靠在沁凉的墙壁上，望着田径场上葱茏的绿色草地，不知道第多少次感叹：顾盼变了……

这一周他可以清晰地感觉到顾盼的变化。

自从那天和陶荏彦摊牌后回到教室，陆屿初也打定主意收敛自己别扭的性子，甚至想过拉下面子向顾盼道个歉。

当顾盼和骆淼回到教室后，陆屿初的目光一直跟着顾盼，倒是顾盼令他大跌眼镜，也让他所有的打算还有计划都落空。

顾盼回到座位上一直保持着安静的状态，先是将桌面上堆得乱七八糟的书本整理了一番，陆屿初僵着背竖长了耳朵偷听身后的动静，顾盼又向同桌讨了一支笔，然后身后传来了连续不断的笔尖在纸张上摩擦的声音，他耐着性子听了两节课，其间每次回过头，顾盼都在埋头奋笔疾书。

顾盼是什么样的学生陆屿初还不了解吗？一个翻遍了抽屉都找不出一支打满墨水的笔、课本几乎是草稿本、作业能抄绝不动脑的人……他压根就没有动过顾盼会"好好学习，天天向上"的念头。

他借着借课本、讨纸巾、借小镜子……借各种各样的东西打断她，就差没有把她这个人借过来了。每次她都是埋头在抽屉里一阵翻找，找到后一本正经地将他要的东西递过来，绝不多和他说一句话。

陆屿初的郁闷就像是 k>0 正比例函数图像一样噌噌噌地逐日递增，就连顾盼的同桌都察觉到了她的反常，偏偏顾盼却安之若素。他好几次转过去想问问到底发生了什么，还没等他开口，顾盼就一脸懵懂地看着他，称得上是蠢萌至极……

陆屿初就像是一拳打进了棉花堆。

他拿顾盼毫无办法。

陆屿初觉得自己的喉头哽了一口老血，再不弄清楚怎么回事他就要憋死了！

他在心里不止一次地感叹：真是报应啊……

直到有次骆淼抱着一沓书来找顾盼，陆屿初装作伸懒腰往后探着脖子听她们的对话，听到骆淼对顾盼说："你基础不好，先把高一的内容消化好再看高二的，这是我高一的书，上面也有随堂笔记，如果有什么不懂的，可以随时来找我……"

骆淼走后，陆屿初才转身不确定地道："你是真的顾盼吧？"

顾盼瞪大了眼睛说："你倒是假一个给我看看！"

到底，顾盼也没有和陆屿初解释清楚，自己为什么突然心血来潮恶补功课。

出人意料的是，陆屿初也没有多问，这让顾盼松了一口气之余还有些意外。

Part 4

长风过境，朗朗无尘

Chapter 18 / 我不是为了你，我只是想能堂堂正正站在你身边 /

夏天的傍晚格外长，太阳拖着最后一抹余晖落下地平线时，属于夜晚的聒噪虫鸣渐渐喧嚣。

晚自习，教室里灯火通明。

"新制氯水颜色为淡黄绿色，说明什么？"

"有 Cl_2。"

"没错，氯气在常温常压下黄绿色，所以新制氯水显淡黄绿色，而放置久了后，氯气与水发生反应生成盐酸和次氯酸，次氯酸分解生成氧气和盐酸，久而久之颜色会褪掉，所以久置氯水就是无色。"

骆淼一边讲解一边在草稿纸上将化学反应式写出来。

陆屿初和骆淼的讲解方式有很大的不同，陆屿初针对个体的知识点灵活地延伸到整个体系，而骆淼则会针对某一个知识点做反复解析。骆淼细心，记性也很好，再复杂的概念在她那儿也是信手拈来。

她的细心耐心，显然对于顾盼这种学渣来说更为适用。

下课铃响起。

"下周一模考，我们高一的内容也讲得七七八八了，这个周末你就好好复习一下之前教你的内容，考试的时候也不要着急，现在才五月份，距离你们约定的期末……"骆淼一边收拾桌面，想说距离期末还有时间。

顾盼抬眼，看了眼前座的陆屿初，连忙悄悄比了个嘘的动作，骆淼便不再说话。

等骆淼走后，顾盼也收拾好，两人下楼时陆屿初戏谑道："盼盼，转性了啊。"

"是啊是啊，每一个学渣的身体里都有一颗渴望成为学霸的心。"

"赶紧拉倒吧。"

"陆屿初，你是不是见不得我好啊？"顾盼控诉道。

"是你见不得我好吧？顾盼你个没良心的，早知道早上你在我自行车后座上赖着不下来，背概念背得像是卡带一样的时候，我就该把你甩下去！"陆屿初想起顾盼每天早上强迫自己抽查她概念的惨状，就觉得顾盼简直就是狼心狗肺。

顾盼闻言眼睛都笑得眯起来，整个人都放松下来。陆屿初看着，觉得世界瞬间美好。

陶茬彦在荆楚婕家守株待兔逮住荆楚婕的时候，她被抓着还在可劲折腾。

"你给我放手你听到没，你再不放开我就叫人了啊！"荆楚婕一张口就是威胁。

"你叫啊，把你家里人都叫醒了，反正你家有个公安局长，你那些哥哥不是律师就是警长，把我抓牢里大小都能关个十年半载……荆楚婕我告诉你，今儿要么咱俩把话说清楚，要么你让人给我抓起来，否则我是不会松手的！"陶茬彦的一字一句里都透着股流氓味。

"你……"荆楚婕快被他气死了。她觉得自己在窗口看到陶茬彦就眼巴巴跑下来的行为真是蠢透了！

"你现在就像个闹别扭的小姑娘。"

"那你来找我干什么？一天天堵在我家楼下，就为了跟我说这么一句？好了，你现在目的达到了，你开心了？"荆楚婕知道现在自己的表情一定很难看，她在心里告诉自己一定不能丢人地哭出来。

陶茬彦被她突如其来红了的眼眶也惊到了，不敢再开玩笑："不是的，我……我……那天晚上的事情是我喝多了脑子抽风，跟顾盼没有关系。你这么久没去上课，她……她们都挺担心的……"

他脑海里回忆小八教他的话，多数已经记不清了，唯一那句郑重其事的"你千万不要在她面前表现出很关心顾盼！否则你根本劝不动她"被他记在心里。他想起顾盼每每路过荆楚婕班上都要在后门站好一阵，看荆楚婕来没来，心里更加打定主意，哪怕这一趟低声下气他都不能退缩！再说了，生日那晚的事，他清醒后从别人口中得知过程，觉得自己如果是荆楚婕，也会很丢人！

"总之，你别和顾盼闹别扭了，她挺难受的，每天都在找你……"陶茬彦不由自主地又带上顾盼，让荆楚婕的不快更添上几分。

到底荆楚婕还是答应了下周会回学校上课，才轰走了陶茬彦。

她站在家门口的栅栏前，望着陶茬彦渐行渐远的背影，失落地想：明明天才是没有半点光芒，怎么反而地面上更寂寥呢？

她想起以前和顾盼在操场上，两个人背靠着背聊天时，顾盼说过的一段话，那时候她根本听不懂那些风花雪月，还调侃顾盼不知道是从哪里看了这些酸不溜秋的话，但是现在觉得句句不要太经典。

——都说喝酒不要超过六分醉，吃饭不要撑到七分饱，爱人不要超过八分情，而我们大多数人往往都是喝到烂醉、吃到撑死，再爱成傻瓜。

现在明白，好像已经晚了……

"傻瓜。"她低声骂了句。

请假在家的这些天，她想了很多。她猜到那天晚上她的行为会成为别人的笑柄谈资，其实她并不觉得丢脸，喜欢一个人怎么会丢脸呢？但是，为什么偏偏是顾盼？为什么是顾盼呢？让她连去埋怨对方都会觉得理屈词穷。

她回忆了很多过去三个人之间的事，发现自己好迟钝。她怎么就会觉得陶茬彦对顾盼和自己是一样的呢？

荆楚婕茫然地胡思乱想着，没有留意到二楼某一扇正对大门的窗户背后，站着一个西装笔挺的男人，紧紧敛起的眉峰显示出他并不愉快的心情。

康园路上，万家灯火。

陆屿初趿着一双人字拖从浴室出来，头发滴滴答答地往下滴着水，水珠不断濡湿他身上略显宽大的白 T 恤，穿堂而过的风顺着衣摆灌进去。他走进卧室，用搭在椅背上的毛巾擦去脸上的水，抬眼就看见隔壁阳台上微弱的灯光。

那暖黄色的光就像是黢黑的山洞里从遥远洞口漏进来的带着毛边的阳光，不由自主地吸引着他。

转身瞥见桌面上散落的辅导书，他嘴角微翘，拎起来就向阳台走去，从阳台角落的一个小桶里摸出几颗石子，空荡荡的 T 恤随着弯腰的动作敞开，露出一段坚硬的腰线。

"啪——"石子砸到玻璃窗的清脆响声惊醒沉浸在题海里的顾盼。她打了个激灵，瞬间抬头，竖直耳朵仔细辨别，生怕是自己听错了。

没多久，阳台上又传来几声石子砸地的声音，顾盼甩了手里的笔就去推阳台上的门。

小学的时候，怕惊扰两家的大人，陆屿初常常用这样的办法叫她出来；后来许多个她独自在家的时候，这清脆的敲击声可以抚平她的孤单和恐惧……

顾盼捡起脚边的两颗石子，这些石子是她以前陪陆屿初在河边捡的，由于水流天长地久的洗刷，入手一片光滑，她紧紧地将它们握在手心。

陆屿初看她出来，赶紧收起笑意，假装不经意地轻咳一声，道："这么晚还不睡？"

"我看会儿书。"

"这么晚了还看书？"大概是担心关切太明显，他换换嗓，又想不出什么正当理由，情急之下语气就不太客气，"我的意思是……你知道在这夜深人静的时候，有灯光非常影响我的睡眠质量吗？"这话说出来陆屿初自己都有些汗颜，脸上露出几分尴尬，又强撑着瞪着顾盼不让自己显得势弱。

顾盼有些蒙："你家灯光会转弯？陆屿初咱们心平气和讲点道理，我怎么影响你睡眠质量了？"

陆屿初讪讪摸了摸鼻子，草草将手里的东西抛了过去，给顾盼砸了个满怀。

"我看了骆淼给你的参考书，你那个水平估计看不懂。"他不等顾盼参毛，赶紧说，"这几本都是比较基础的习题，解析也很详细。"

顾盼反应不过来，眨着一双眼睛疑惑万分地瞪着他，陆屿初装作看不见："如果有什么不懂的，可以过来找我。"

陆屿初没有问她为什么突然转了性想要好好学习，即便他几次三番主动表示可以帮她补习，但还是被她拒绝。不过顾盼这次学习的势头还是让他有点咂舌，平时她那么讨厌英语，却坚持每天吭哧吭哧地背单词。顾盼的脾气不算好，耐心也奇差，他每天都能听到后座摔东西泄愤的声音，但是不久她就会自觉地捡起来重新来过，身后那时刻"沙沙"的写字声让他还是觉得有点不敢置信……

　　见顾盼低头摆弄石子不说话，陆屿初一时间也觉得尴尬起来，他挠挠头，僵硬地准备结束对话："看一会儿书就睡觉吧，保持好的睡眠也很重要。"

　　顾盼立在那里，手心冰凉的石子被她的体温焐热，有一颗晶莹的液体落下，啪嗒——砸在石子上，氤氲出一朵透明的水花。

　　"我和唐棣华打了赌，以这学期的期末考试成绩做赌约，输了，我就自觉地离你远远的……"

　　陆屿初本来已经转身打算回房间，听到她的话转过身。

　　终于说出来了！顾盼感觉每一个毛孔都在帮她呼吸，一股燥热和冲动直冲头顶。她扬起头，对上陆屿初清澈而犀利的眼眸，她说："陆屿初，你不必有压力。我不是为了你，我只是想能堂堂正正站在你身边，没有人说闲话。"

　　陆屿初一瞬间有种眼眶发热的感觉，一股没顶的开心齐齐在他体内左冲右撞，直冲鼻腔，他差点没忍住流泪。

　　顾盼自己点头，强调："对！我想要我们站在一起的时候，别人心里说：啊，真般配。"她停了停，"我特别希望自己可以变得优秀、温柔、自信……"

　　陆屿初没有说话，眼睛有些模糊。

　　良久，陆屿初听到她的声音从好像沾着铅粉的夜色里传过来。

　　她说："可我真的不是那种人啊……"

　　夏季的晚风从很远的树梢上吹过来，裹挟着丝丝潮湿的凉意，像是有人在月色斑斓的海平线奏响沙槌一样，遥远又悠长。

长风过境，朗朗无尘。

陆屿初的视线凝聚在对面的顾盼身上。过了很久，他说："你不是那种人。"

——你不是那种会在意别人目光的人。

看着那通红的眼眶，他又补充了一句："也成不了那种人。"

——因为你现在这样就已经足够好，不需要变成任何人。

——只要你是顾盼，就很好。

"我知道。"顾盼的眼睛模糊了，"毕竟我从来就不是讨人喜欢的女生。"

陆屿初沉默地看着她，顾盼从小就不是讨喜的孩子，就像一只小刺猬，张牙舞爪地武装自己，把自己包裹在厚厚的躯壳里，不会说漂亮话哄人开心，不会左右逢源，一天到晚板着一张脸满脸戒备……

这样的女孩子确实不讨喜。

"陆屿初，期末考试结束以后，如果我赢了，你可以回答我一个问题吗？"

"什么问题？"

话在嘴边，顾盼在心底换了几种陈述方式，每一种都觉得说不出口。

陆屿初对上她的视线，愣住了。她此刻的眼神，像极了他第一次见到她的时候。她和顾美琦刚搬来他们家隔壁，她生得瘦弱，怯生生地露出一双眼睛看着将她推到身前介绍的顾美琦，惊慌失措，还带着些卑微的祈求。

"我答应你。"

顾盼唰地抬起头，眼底写满不可置信，碎发凌乱地扑在她白皙的脸颊上，纠结难解。

顾盼不知道自己是怎么和陆屿初道别的，直到她在墙角蹲得腿脚发麻，离家出走的意识好像才刚刚到位，她无意识地捡起地上散落的石子，拢在掌心挑出一颗她认为最好看的，透过窗户从书桌上拿起一个玻璃缸，玻璃缸里已经装了许多这样的石子，她将手里那颗放了进去，然后珍而重之地拧上盖子。

她在看《西雅图夜未眠》的时候，里面的一段台词深深地触动过她。

It's now or never,

"Never" is a frightening word.

We'd be fools to let happiness pass us by.

此刻不做永无机会，永无是个可怕的字眼。错过幸福，我们就是傻子。

顾盼想，既然她没有温柔，唯剩这点的英勇就应该横冲直撞，不畏惧头破血流。

Chapter 19　/顾盼，你要加油——明天见/

紧张急促的考试铃声落下，今天的最后一门英语也考完了。这是顾盼第一次没有提前交卷，她慢吞吞地收整着笔袋，右桌的男生千恩万谢地将笔还给她。

她从初中部教学楼三楼过来，走上通往高中部的天桥时，一眼就看到楼下正朝车棚走去的陆屿初。

"陆屿初！"

陆屿初听到有人叫自己的名字，循着声音就看到顾盼在三楼向他招手。

"考得怎么样？"他问，看到顾盼摊着双手耸了耸肩，无奈地低头失笑。

"你这次没理由笑话我靠天意，都写完了！"

"作文呢？"

"不会写，听你的抄了阅读理解……"顾盼笑容里有些得意，显然是忘记了当时陆屿初被逼得没法子，让她把阅读理解抄在作文上赚笔墨分时她万分嫌弃的模样。

　　阳光倦怠慵懒地洒在他身上，她微微挪动了下身体，靠在栏杆上，笑得舒适而惬意。

　　陆屿初心里有什么东西开始慢慢苏醒，但是又没有彻底醒来，好像在沉睡的梦里听到朦胧的叫唤声，他想要应答却睁不开眼。这种感觉很奇怪。他摇摇头抛开那些奇怪的想法，催促道："我先去取车，你下来去校门口等我。"

　　学校的格局十分奇怪，荆楚婕不止一次吐槽。以校门为界线，正门进去正面是田径场，左右两边分别是一道斜坡，左边是初高中的教学楼，右边是小学部、教职员工的宿舍和艺体馆，左右两边交界处是食堂和宿舍。荆楚婕曾笑称整个学校就是一座拔地而起的鸟巢。

　　"早知道今天学校考试，我就不来了！"荆楚婕和陶荏彦从艺体馆的斜坡下来，不停埋怨，"你是不是故意的啊！知道我不喜欢考试还故意要我来？"

　　"你看我哪次记得考试时间的？"陶荏彦觉得冤枉死了，像他们这样的学生，考试都是稀里糊涂填完，然后跑到艺体馆打发时间，所以今天才会被荆楚婕在艺体馆逮到数落。

　　但是看到荆楚婕又恢复以往的样子，陶荏彦就算被她吵得头疼也觉得舒心。

阳光正好，有钢琴不断重复一个章节的旋律，在郁郁葱葱的香樟叶脉间传递，听得人昏昏欲睡。

陶苙彦无聊地打了个哈欠，想起一会儿和泥鳅他们约好去赛车，脚步不由得加快。没几步就看见校门右侧的巷子口聚集了许多人，保安站在门口的伸缩门边警惕地严阵以待。

刚走近，陶苙彦的几个跟班忙不迭地跟他打招呼，其中一个叫小武的指着左边的斜坡惊讶道："那不是盼姐吗？"

陶苙彦顺着他所指的方向望过去，斜坡人不多，一眼就看到了。远远看过去，顾盼冷着一张脸，唐棣华跟在她身边一直在不停地说着什么。

"听说这个唐棣华转到盼姐他们班之后，明里暗里一直在给盼姐脸色……"

"怎么回事？"

"不知道，她好像是盼姐后爸带来的女儿，看不上咱们勒川这个穷乡僻壤……阿超跟盼姐一个班，跟我说过挺多，我记不太清了，啧，总之就是女生之间那些手段嘛。"说话的人抛出一个"你懂的"的眼神。

"嗬，这么牛？"

身后的交谈没怎么避人，陶苙彦听得皱起了眉头，正想过去，身边的荆楚婕比他快一步冲了过去。

　　顾盼的心情很不好，从楼上下来以后，就碰见了唐棣华，她应该是听见了刚才她与陆屿初的对话，一如往常出言讽刺顾盼让她退出，顾盼根本就不想搭理她，但是唐棣华就像吃错药一样，越说越离谱。

　　更难听的话顾盼不是没有听过，但是唐棣华说的每一句却像是浸满了浓稠毒药的刺，一根一根朝着她柔软的内里扎去。

　　顾盼是第一次这么讨厌有莫名优越感的人，讨厌到甚至只要看她一眼胃部就开始反射性地痉挛。

　　顾盼的脸色实在不大好看，而唐棣华一句比一句更狠："反正你也考不上什么好大学，得有点自知之明，别像你妈一样恶心了自己还拖累别人……"

　　"你给我闭嘴！"顾盼铁青着脸，垂着的双手紧捏成拳，她努力控制自己恨不得扑上去的愤怒。

　　"你他妈给脸不要脸是不是？"一个声音在同时响起。

　　顾盼来不及回头，就被人用力往后一扯，抬起头看到荆楚婕背对着自己站着，双臂微张正好将她护在身后。

　　"就你能是吧？"荆楚婕推了一把唐棣华，"新同学来学校第一天没问问清楚这个学校谁说了算吗？"

　　像是佐证她说的话似的，陶苤彦一伙人正好浩浩荡荡从校门口跑了过来，远远看过来就像是他们将唐棣华团团围住，路过的人统统默契地回避。

　　"你想怎样？"唐棣华的脸上浮现一抹极其怪异的笑，这种笑容很好地挑动了荆楚婕的神经。

"90°鞠躬唱《征服》道歉！"荆楚婕被激得火冒三丈，眼角瞥见身后的人，好像有了倚仗更加理直气壮。

不得不说，这时候顾盼的心里有一瞬间是很痛快的，这种痛快就像海上席卷的滔天巨浪，淹没了心里最后一点"这样不太好""校门口挑事的后果很严重"的想法。

理智离家出走的时候，冲动主宰大脑。

"如果我不呢？"

唐棣华还在笑，那种笑容让人很恼火，荆楚婕理所当然地瞬间被她引爆。

"啪——"

清脆的巴掌声惊得顾盼一愣。

"你会后悔的……"唐棣华捂着脸狠狠说。

荆楚婕一把抓住了她的头发。

唐棣华不高不低的一声尖叫让所有人都看了过来，顾盼听见保安亭的保安的喊声。

这种情况下，她们这种平时就喜欢寻衅生事的学生和唐棣华这种大门不出的大家闺秀，无论体力还是技巧上瞬间高下立判。

眼看要出事，顾盼赶紧插进来想要把扭打在一起的两人分开，不留神，唐棣华一手抓过来，直接掐住顾盼的脖子。

"你给老子松手！"荆楚婕眼眶通红，瞧见顾盼脖子上鲜红的指甲印，愤怒地用力一推。

"住手！"伴随着喊声，陆屿初将自行车靠在墙边跑了过来。

荆楚婕下意识地向后退了一步，和顾盼互相看了一眼，望着坐在地上不停喘气的唐棣华，困惑万分地想：现在是怎么回事？不就是推了她一下，怎么喘得像是要死了一样？

所有人都停下动作，围在一边看着陆屿初在唐棣华身边蹲下，她脸涨得通红，喉咙里发出费劲的"嗬嗬"声。陆屿初从她的口袋里抽出一方手帕掩在唐棣华的脸上，那种窒息感慢慢平息下来。

"你做什么？"先出声打破平静的是陶荏彦。

"你们又在做什么？"陆屿初厉声道。他脸上是少见的严肃和冷漠。

顾盼觉得心像是被丢进了大海，缓慢地下沉又好像永远沉不到底。

"陆屿初你搞搞清楚，是她在挑事！"荆楚婕一脸愤愤不平。

渐渐平复下来的唐棣华不知道什么时候站起来，虚脱憔悴地站在陆屿初旁边，一点都没有之前出言讥讽顾盼的强势样子，她虚晃一下，靠在陆屿初身上，虚虚地扶住陆屿初的胳膊，那表情是无力脆弱的，但是眼底却透着一丝嘲讽和得意。

顾盼看着他们靠在一起的样子，难受梗在喉咙口，像卡了无数根鱼刺。

她拉住卷起袖子打算据理力争的荆楚婕："我们走吧。"

"王八蛋，浑蛋！"被拖着走的荆楚婕不甘心地吼，不知道是在骂唐棣华，还是陆屿初。

陆屿初木着脸将手臂从唐棣华的手里抽出来，斜睨她一眼，沉默不语地走回自行车边。

"就这样想走？"陶苒彦上前一把攥住车头，"陆屿初你是不是脑残啊？你当初是怎么答应我的？"

"我并没有答应过你什么。"

"你……好，既然这样，顾盼我不会放手了！"陶苒彦咬着牙道。

"陶苒彦，你这样子没有是非观，凡事一味纵容，迟早会害了她。"陆屿初甩手将陶苒彦挥开，"还有，离她远一点。"

他推车向校门外走去，车链耷拉着跟着车轮转动发出脆响。

"屿初……"唐棣华带着满脸的惊吓过度，亦步亦趋地跟在他身后。

陆屿初脚步一顿，微微向后偏了偏头，唐棣华一喜，连忙跑上去。

靠近了才看到他双眼里那不加掩饰的厌恶，禁不住停了脚步。他的嘴唇开阖："你也一样。"

唐棣华停在原地，好像有一股股阴冷的风从她的脚底盘旋着往上走，直激得她浑身发冷。

人总是会在经事之后回头看，才恍然发觉当时错得离谱。我们会问自己，当时为什么会这样愚昧和不知轻重。

但是年少的时候，不就是这样天不怕地不怕，走进死胡同也打死不回头……而且很多时候真的就是头破血流也一无所获。

只是那时候，大家都不懂。

"彦哥，就这样放过他们了？"身后有好事者凑上来。

就这样放过了？好像有一根轻飘飘的羽毛顺着他的后腰轻轻搔动，心里的念头就随着慢慢爬上心头。

陶茬彦回过头扫视一眼，那一眼看得人心里发毛，然后他头也不回地向唐棣华走去。

校门右侧一排雅马哈上，泥鳅已经冷眼旁观许久，反常地没有一点等得不耐烦的情绪，机车靴上的铆钉在金属上叩击出清脆的"丁零"声："跟上。"

"邱哥？"边上一个小弟不确定地叫了他一声。

泥鳅的吊梢眼紧锁着前方追着唐棣华而去的陶茬彦，精光一闪。他早就盯上了唐家，但是苦于唐棣华上下学总有人来接，而他也没法时时刻刻盯着她，一直忍着没有下手，今天说不定是个好机会。他这么想着，招来身边的手下："打电话给管礼，叫他开车过来。"

"邱哥你是打算……"小弟的话没说完，就被泥鳅刀子一样的眼神堵住。

小弟不由自主地打了个冷战，吓出一身冷汗。

他们没有看到身后不远处，一个身材臃肿的女孩儿慌忙蹲下身，手忙脚乱地捡起散落一地的文具，打翻的墨水瓶里黑色的液体肆意流淌，像干枯的血液。

河堤边，河岸的斜坡上青草离离，沿着河岸过去就是荆楚婕家所在的别墅区。夕阳给水面镀上一层金光，荆楚婕走在河边的水泥石台上，走两步望一眼脚边的水面，水里清晰地映出她的倒影，身后跟着失魂落魄的顾盼。

荆楚婕终于忍不住，转过身喊了一声："喂，你怎么这么没出息？"

顾盼低头立在原地，荆楚婕没有因此住嘴："我不在你被人欺负就只知道埋着脑袋逃跑吗？你就不知道给我打电话吗？就算是……就算是找陶莅彦也好啊！他那么护着你，你怎么还能让别人欺负到你头上呢……"

一股脑把心里话说出来，荆楚婕的心里好受了许多，她平时很少有这样严肃正经的时候，足以见得这件事在她心里的分量。

顾盼却抬头岔开话题问道："你不生我气了？"

荆楚婕一愣，心里像是被撬动一样晃荡起来，有些鼻酸，还是决定坦白自己心里的感受："顾盼你是猪吗？说好了要一辈子做朋友，我们是要出席对方婚礼、做彼此孩子干妈的交情，我会因为那么屁大点事就跟你生气吗？"

这是一个很奇怪的场景，明明在吼着的女孩儿气势更盛，但是她的脸上却慢慢地滑下泪水，而她对面的女孩儿却突然笑了出来。

荆楚婕胡乱抹了两把脸，嘴硬道："我只是……只是有点别扭而已，我喜欢的人喜欢上了我最好的朋友，你总要给我一点时间缓缓吧？"

“对不起……”顾盼见她主动提起这件事，又感动又愧疚。

荆楚婕自己也没有想到还可以心平气和地说起这件事，说她没有一点儿生气那是不可能的，她的刻意回避也是因为这个原因。她把这个朋友看得那么重要，几乎是掏心掏肺地对待，却没有想到自己喜欢的人选择的是她。那晚，她先是觉得丢人，然后是铺天盖地的气愤，她觉得自己同时被两个人背叛了，最后是深深地难过，一想到要失去顾盼这个朋友，就像窒息一样难过。

直到刚才撞见顾盼埋头躲开唐棣华的样子，她心里爆发的是比自己被人欺负还要有过之而无不及的愤怒。

而现在，她心疼她。

“不关你的事……”荆楚婕先一步抱住顾盼的肩膀。是啊，不关她的事，她没有做错什么，怎么能因为陶莅彦的选择而责怪她呢？

其实说到底，就是嫉妒吧……

根本不需要多余的铺垫，两个人很快就和好如初。

“那个女的不会真的有病吧？我看她刚才那样好像我奶奶哮喘的时候的样子……”荆楚婕疑惑不定。

“不知道……”顾盼却想起很久之前，顾美玡好像提过，但是她想不起来了。

荆楚婕摆摆手：“不管她，要有也是公主病、神经病，就跟世界上所有人都欠她一样，不围着她转她就不爽……”

顾盼被她义愤填膺的模样逗笑了，正要接话，书包里骤然响起急促的手机铃声。

"谁啊？"

"我妈。"

荆楚婕撇了撇嘴，又觉得有些不对，怎么他们前脚刚教训完唐棣华，她妈后脚就打电话来了？不会是……那死丫头居然告状！刚才就应该下手狠一点，打她个满江红！

荆楚婕的脑子里就像上了高速，转过好几个弯，顾盼已经接起了电话。

"喂……我在外面……和荆楚婕一起……嗯，怎么了？"

挂了电话后的顾盼脸色不是很好看，荆楚婕靠近，问了一句："你那个'亲后妈'找你算账？"

顾盼笑得勉强："不是……"

荆楚婕牵了牵嘴角，在她心里，顾盼就跟不是顾美琰亲生的一样。

"那怎么了？"

"她问我在哪里，和谁在一起，好像还挺着急。"

荆楚婕也被她的话惊出一身冷汗，那是谁？那是顾盼的妈妈顾美琰，是那种顾盼一晚上不在家，清晨回来顾美琰还能问一句"这么早要去哪儿"的人！

顾美琰关心顾盼，这可是头一遭啊！难道是因为生活稳定了，有了闲心来关心这个野生野长的女儿了？荆楚婕心里腹诽，但是没敢说出来。

顾盼显然也不适应，而且为这份关心开始隐隐有些不安，她扭头匆匆道: "我要回家了, 你也早点回去吧。"

"嗯, 好。"

顾盼站在原地, 看着荆楚婕顺着河堤脚步轻快地向前走, 手机响起的嗡鸣吓了她一跳。

是骆淼。

"顾盼不好了!" 骆淼惊慌失措的声音通过电磁波传过来, 略有些金属感。

"顾盼——" 远处, 荆楚婕一边向后倒退大声地喊, 她一只手高高地举起向她挥舞, 一只手拢在嘴边, 她在喊, "你要加油——明天见——"

天边已经被晚霞染红, 在满天霞光的烘托下, 荆楚婕的身影细细长长, 她看不见她脸上的表情, 但是她知道, 这个朋友, 真的回来了。

顾盼也笑着举起手向她挥了挥, 心里微软, 回道: "明天见!"

电话里骆淼还在语无伦次地描述着, 顾盼耐心地听着, 但是听着听着, 她就这么僵立在原地, 刚刚还满心的欢喜和温暖像是被一阵大风吹散, 只剩下寒冰刺骨。

她仓皇转身, 那片血红色天空下早已没有了荆楚婕的影子。而她离去的方向是一片浓重的颜色, 就像是有人在天边放了一把大火……

她开始不受控制地奔跑, 满脸都是惊恐的眼泪, 她怕来不及,来不及制止这即将改变他们几个人命运的转折。

　　她脑海里蓦地浮现出梦境里经常出现的那列火车，干枯的油漆，规律而沉重的铁轨撞击声，沿着熟悉的轨道闲适向前，安稳得就像是可以预见的人生。而此刻，稳健的行驶的火车却猛地剧烈抖动，像是有谁撬起轨枕下一颗不起眼的螺丝，一切都开始不同……

Chapter 20　　/ 每个人都该为自己的行为负责 /

　　骆淼挂了电话以后还在惶恐不安，她不知道自己竟会在无意中撞上这样的事情。

　　半个小时前，她在校门口撞见这一群人。他们很具标志性，成群结队，留着一看就不像好人的长发，态度嚣张、言语里不干不净……

　　正当她打算如往常一样赶紧绕开，却听到几个熟悉的名字——

　　"邱哥把管礼都叫来了，这是打算……"

　　"你真是蠢，你知不知道那个姓唐的家里多有钱？够十个你花几辈子的！"

　　"不是吧？但是会不会闹大了不好收场啊？"

　　"就你有脑子？这不是有咱们彦哥还有荆楚婕在嘛，那小妞能让彦哥出事？"

　　"说的也是，要不说还是邱哥高招，有彦哥在，就算进了局子也有那丫头帮着捞出来！"几个小弟说着露出促狭的笑容。

"快走了，邱哥说去西城步行街……"

……

　　唐家。

　　顾美琰颤着手将听筒扣回底座，心不再怦怦怦怦乱跳，但那种如坠冰窟的感觉却还在蔓延。

　　她扶着楼梯的扶手慢慢回到卧室，拧开门把，唐朝虚弱地躺在床上不安稳地睡着。这两天他的身体有些不好，是早年间太拼命落下的病根。顾美琰想起医生的叮嘱：一定要让他好好调养，不要激动不要动气。

　　她将房门轻轻关上，靠在门板上才有机会思索刚才那个陌生的来电，电话里的人说她的女儿被绑架了，要她准备100万的赎金……

　　顾美琰的第一感觉是：顾盼出事了。

　　顾盼那么喜欢闹事，说不定是惹了什么不该惹的人。她慌乱之下给顾盼去了电话，谢天谢地接通了，而且还和荆楚婕在一起……

　　那被绑架的是谁？

　　难道是唐棣华？

　　她眼里精光一闪，后脑勺靠在门板上，修剪得很好看的指甲捏住门把。

　　唐棣华是顾美琰在这个家里极力奉承讨好的存在，表面上装得再和善，两个人的芥蒂始终没有消退过。唐棣华从来没有将她当作家人，她不过是个妄图鸠占鹊巢的侵略者。假如有一天，唐朝出了什么意外，那么最大的绊脚石无疑是他这个亲生女儿……

顾美琤自问是个唯利是图的人，能握在手里的就要攥紧不放，存在风险就只能把那些意外剔除！

现在是个好机会！顾美琤想。

"这是一个意外，谁也预料不到她会被绑架。如果最后她安全回来了，我可以说我没有接到电话。还有一种可能，假如她根本回不来呢？"顾美琤像是在说服自己一般，想通了，她站直身体，脸上再次露出什么都没发生的笑容。

勒川西城是整个勒川最先城市化的地段，最外层沿着河流伫立着一排的钢铁厂，每当傍晚时分厂房的烟囱里排出的灰黑色浓烟，染黑半边天。

被破坏的生态、极差的空气质量，住在西城的人家桌面上不到半天就落满灰尘。而随着勒川的发展，西城这一块也被大家默默地遗忘在一片未成形的废墟中。

西城步行街，是见证这一块从繁华到潦倒的里程碑。这原本应该是最繁华的地方，却终于在即将建成的时候被遗弃。

陆屿初焦急地在荒草丛里穿行，两边都是水泥架子，他心里一阵不安，却下意识地把车子蹬得飞快，紧紧跟上前方的面包车。

就在刚才，他本就因为顾盼的误会而心烦意乱，骑着自行车在半路上却接到了唐棣华的电话，她颠三倒四的解释声让他更加烦躁，正当他不耐烦要挂断的时候，电话那头却传来唐棣华惊慌失措的喊叫声、手机砸落地面的声音、各种混杂的脚步声，唐棣华像是被人制住而发出的呜咽声，而陶荏彦的呼喝声在一阵嘈杂里尤其明显。他蹙着眉往回骑，正想着：陶荏彦这个傻子又整什么幺蛾子。

巷子里蹿出来一辆面包车差点撞上他。面包车从他身边一闪而过的瞬间，他透过车窗看到面色冷凝的陶荏彦，然后就是唐棣华那张布满泪水的脸，还有紧紧钳制她的陌生人。

陆屿初心里咯噔一声，来不及思考，咬牙跟上那辆绝尘而去的车。

"你们是谁？你们想要干什么？"唐棣华尖锐的叫声在空旷的建筑物间不断回响，隐隐约约地夹杂着一些车门开合声、拖拽声……

陆屿初躲在一根承重柱后，小心翼翼的探视周遭的环境，手臂不小心碰到裸露在外的钢筋，浑身汗毛顿起。

步行街中段的二楼，陶荏彦也紧张又后怕地望了眼唐棣华，她被绑住手脚蜷缩在墙角惊慌失措。

"这是要干什么？不是说好了只是吓吓她吗？"陶荏彦压低声音质问靠着凹凸不平的墙面的泥鳅。

泥鳅满不在乎地挥手，笑眯眯地拍了拍他的肩膀，示意他不要着急，大方道："你放心，我答应你的事情什么时候不作数过？一会儿就放她走，绝对不会伤害她。咱们俩这关系，我还能骗你不成？我可是为了你才揽下这个烂摊子的，放心，只有这样，她才知道什么人能惹，什么人该躲着走啊，你说是不是？"

泥鳅在笑，但是陶荏彦只感觉脖颈一凉，觉得肩膀上那双手就像随时会箍住他喉咙的蟒蛇。

"真的？"

泥鳅平静道："放心吧，兄弟，我和她无冤无仇，我犯不着啊，我都是为了你！"

这时候陶荏彦的手机铃声响起，他犹豫地看了一眼，是顾盼。他朝泥鳅点了点头，握着手机向一边走去，他没有看见转身的瞬间泥鳅霎时冷下来的神色。

泥鳅招来一个小弟："电话打了没？"

小弟赔笑着点头，泥鳅满意道："再去催一催。"

唐家。

顾美玚站在床边，乖顺地接过唐朝吃完药后递给她的玻璃杯，搁在一边的矮柜上，放轻动作小心扶他躺下。

"再好好休息一下。"她的语气温柔得就像轻轻一掐就能溢出来。

唐朝盯着她眉间轻微的褶痕，还有面色上显而易见的疲惫。他的心脏就像是被胳膊上那双轻柔的手攥住，鬼使神差之下，他按住她拎着被单的手。

顾美玚被他突然的动作一惊，抬眼望向他，那双眼睛正一眨不眨地温柔地望着她，她心里不由得一软。

这时电话铃声响起，顾美玚惊惧一颤，连忙站起来，牵强地笑了笑，道："我接个电话……"

唐朝点点头，丝毫没有注意到她躲闪的目光。

顾美玚背对着唐朝，抖着手小心地拢住电话，生怕泄露出一点点声音，电话那头是流氓气的威胁，她脊背僵直，不敢说话。

"……你听到没有！我告诉你，少耍花样……"

"说完没有！"她生怕对方继续说到重点，压低声音吼道。

"怎么了？"唐朝注意到她的反常，问道。

顾美琦连忙转身，电话里对方嚣张的威胁还在持续，她毫不犹豫地掐断电话。

她抚了抚额前的碎发，冲床上躺着的人一笑，疲倦道："没事。"

"你要有什么要我帮忙的，就跟我说，我们现在已经是一家人了。"唐朝还以为她是不好意思，放柔语气劝道。

"哦，是我爸的主治医生，我前段时间跟他打听你的病有没有别的方子，他问问情况而已。放心吧，真的没事。"

唐朝一向是个温柔多情的男人，他心口微微颤动，将顾美琦拉到床边坐下，道："近几年我的身体越来越差，我都有准备了。倒是这段时间，辛苦你了……"

顾美琦一愣，胸口像是有一股热泉濯洗，说不出来地熨帖。

她忽地有些心虚。

唐朝声音平稳："以后就把顾盼接过来吧，到时候就把她过户到我名下，我会把她当作我的女儿，以后咱们一家四口好好过，我一定会对你们母女俩好的。"

顾美琦动情地依靠在唐朝的胸前，那个并不宽厚却异常温暖的胸膛给了她从未有过的安心，在他的怀中，她原本恬淡合宜的笑容渐渐从脸上消失。

　　出租车上，电话那头一直都是占线的提示音，顾盼恨恨地挂断。

　　"师傅快一点，我有急事！"她焦躁地拍着前椅背催促司机，一手按下陶莅彦的电话号码，立马拨了过去。

　　泥鳅不知道在等着什么，他小弟在外面也不知道和谁打电话，陶莅彦有种莫名的不安和焦躁，他狠狠踹了一脚身边的水泥墙面，震起一层浮灰，手机也顺着浅浅的牛仔裤口袋滑落出来，电板和机身分离。不知道为什么，他心里隐隐升起些不好的感觉，一阵阵凉意顺着脊背往上爬。

　　他捡起被甩出来的电板，半蹲在地上扣回去摸着冰凉的后盖顺手开机，第一时间便接到顾盼的电话。

　　还没来得及说话，就迎来铺天盖地的质问。

　　陶莅彦支支吾吾还想瞒，就听到顾盼在那边吼："你到现在还想骗我，你现在在哪儿？是不是城西步行街？是不是和泥鳅他们一块在城西？"

　　陶莅彦冷汗直冒，他立刻道："你不要过来！我保证只是吓吓她！不会对她怎么样！等会儿我就放了她……"

　　电话那头，顾盼似乎哼笑一声，随即厉声骂道："你知不知道你现在在干吗？这是绑架，绑架勒索你懂不懂！"

　　"不是……"陶莅彦下意识地反驳。

　　"我已经到了。"顾盼语速很快。

　　陶莅彦紧张地四下张望："你在哪儿！"

电话里只传来被挂断的嘟嘟声。

顾盼奔跑着踩过污水横流的地面，长着斑驳墨绿色苔藓的灰黑墙面沉沉地立在两边，像压在她心上。

陶莛彦从一边窜下来一把抓住她的胳膊。

"放手！"顾盼呵斥。

"你别去！你在这儿等我，我上去要他们把唐棣华放了！"陶莛彦紧紧拽着她，哀求道。

"你现在还没清醒吗？他们打的就是勒索的主意，电话估计都打到唐家去了，怎么会善罢甘休？"

"你不能去……"

不管顾盼说什么陶莛彦都不肯放开她，就在两人胶着间，一声凄厉的尖叫划破了天空。

陆屿初顺着陶莛彦下来的方向摸上去，小心翼翼地留意着周围，很快就看到了二楼的场面，不远处一闪而过的身影吓了他一跳。

他没办法解释刚才在看到陶莛彦和唐棣华时为什么会选择跟上来，可能是直觉，直觉和担心这个事会和顾盼扯上关系。像陶莛彦那样冲动的人，极有可能会因为顾盼而做出什么傻事，而现在，事实证明的确如此。

他微微矮了矮身体，扫视整个房间，房间里有不少人，吵嚷声不断——

"……你们说话啊，是不是顾盼让你们绑架我的？是不是顾盼？"唐棣华歇斯底里的声音从他看不到的角落传来。

"吵什么吵？"一个小弟凶神恶煞地举起手里的铁棒，恐吓唐棣华。

唐棣华又往里缩了缩，嘴上仍是不肯罢休："我告诉你们，我爸爸不会放过你们的……你们这些肮脏龌龊的绑架犯……"

泥鳅不耐烦地扫了这边一眼，带着丝丝冷意："让她闭嘴！"

小弟提着铁管向唐棣华走去。

"你走开！别过来！别靠近我——"唐棣华看着越来越近的人，瞳孔因为惊恐不断放大，浑身不停地颤抖，脸色苍白如纸，"啊——"

"让她闭嘴！"泥鳅一直半蹲在楼边，注意着周围的动静，脸黑得像锅底，在心里咒骂这群没用的废物一点事都做不好，唐棣华止不住的尖叫声让他更加烦躁，斜眼看见那个小弟被她的不断挣扎抵抗弄得狼狈极了。

泥鳅狠狠啐一口一把推开小弟，"啪"的一声一巴掌打在唐棣华脸上，像拎小鸡仔一样又将趴在地上的她提到面前："我告诉你，你安分点兴许我看在你那个有钱老爸的分上还能让你好过一点，你再吵，当心我让你永远闭嘴……"

刻意压低的声音透着森森冷意，唐棣华不由自主地打了个寒噤，她呼吸开始急促，抖着唇极力避开那双寒芒遍布的眼睛，一股无边无际的恐惧从脚底往上爬。

泥鳅看着她安静下来，满意她在自己恫吓下开始识相，一把丢开她，拍了拍手起身离开。

"老……老……老大……"

　　小弟颤颤巍巍的声音又从身后传来，泥鳅不耐烦地要发作，眼角瞟到他颤抖的指尖，顺势看过去，一愣。

　　唐棣华躺在地上张着嘴喘息，身体不断抽搐，就像是被拍到海岸上拨动鱼鳃的鱼，像是吸不进空气一般，她颤抖着剧烈呼吸间吹起的粉尘混合着大量汗水黏在她的脸上，显得尤为可怖。

　　"怎么回事？"泥鳅一拧眉。

　　"不……不不……不知道。"

　　场面瞬间乱了起来。

　　陆屿初躲在楼梯拐角处，思考着该怎么应对，陶莅彦平时横是横，但是绝不会没有底线地干出这种绑架勒索的事，难道他不知情？但是他看上去明显又是和这伙人一起的……

　　还没等他想明白，房子里面已经乱成一团，唐棣华的尖叫声没了，剩下混混小弟不知所措的喃喃声。

　　唐棣华的呼吸过度症又犯了。

　　陆屿初心里一悬，他也是那次送她去校医室才知道，原来世界上还有这样的病症。发病的时候会因为感觉不到呼吸而加快呼吸，而过度呼吸会导致二氧化碳不断被排出，引发呼吸性碱中毒。如果不尽快减慢她的呼吸节奏，恐怕会窒息！如果闹出人命……陆屿初不敢想。

　　他顾不得那么多，一个箭步就冲了过去。

　　"他是谁？"

"抓住他！"

一时，好几个人冲上来将陆屿初压在地上，陆屿初挣扎着喊："别让她剧烈呼吸，她有病！这样会死人的！"

……

顾盼循着声音跑上二楼时，就看到正在被拳脚相加的陆屿初，没有来得及思考为什么他会在这里，就看到他背后角落里昏厥抽搐的唐棣华，她立刻冲了过去，一边跑一边喊："别打了！出人命了！"

根本就没有人理她，她用力推开挡在面前的人钻进去，感受到不知道是谁的拳头落在身上。

"顾盼！"

她嘴角发麻，不知从哪里伸出来的一双手很用力地将她拉扯过去，将她护在身下。

"陆屿初你没事吧？"她紧张地揪住他的衣服，一遍遍地叫着这个名字，他有力的手臂将她护得紧紧的。

"别打了，我已经报警了！警察已经来了！"顾盼在陆屿初的胸膛下尖叫。

……

"呜啦啦"的警笛声响起的时候，那些人已经四处逃窜开，陶苤彦顺着墙角跪坐下来，脑海里的混乱就像是春天疯长的野草。

"陆屿初？陆屿初！"顾盼惊慌地叫喊着，抱住失力倒下去的陆屿初。

"顾盼……"陆屿初喉结轻轻滚动几下，他费劲地喊，"顾盼……我……"

蜂拥而至的医护人员把陆屿初从地上架起来，顾盼跟跄着站起来，跌跌撞撞地跟着下楼。

陆屿初扣着氧气罩的脸上青紫交加，额角和鼻梁以及嘴角都沁出了血，白色T恤已经看不清原来的颜色，他一动不动地躺在那里，身体随着架子晃动而晃动，像随波逐流的孤舟。

顾盼努力跟着担架跑，她紧紧握住他冰凉的手，叫他的名字。

"陆屿初……你别睡，你看着我不要闭眼睛！"恐惧就像是从四面八方汹涌而来的海水，仓皇地将她掩埋。

"你不要睡！你看看我！我求求你看着我！"

警笛在空旷的地面传得格外远，暗沉的天空中划过蝙蝠黑色的影子，红蓝色的灯光将不断变换的人影扫在墙面，忽闪忽现。

月光透过薄纱窗撒满了阳台，荆楚婕从床上慢慢爬起来。铺天盖地的眩晕充斥着她酸胀的脑袋，最近这半个月来，她每天晚上睡得都不安稳。

她侧身躺在床上，感受到心跳带动左半边身体都在咚咚咚地跳动，不知道为什么她这晚一直不安，刚做了个可怕诡异的梦，现在却怎么也想不起来。她从枕头边拿出手机，屏幕上一连串红色的未接来电，荆楚婕呼吸一滞，挑着小八的电话回了过去。

荆家二楼书房里，荆承刚刚放下手中的手机，突然走廊传来房门被用力地撞开，紧跟着响起一阵"噔噔噔"的脚步声。

荆承皱了皱好看的眉毛，转眼荆楚婕就已经跑到眼前，双手撑在书桌上，还没等他数落，荆楚婕紧紧抓住他的胳膊，神色迫切。

"哥！这次你一定要帮我！"

看着慌慌张张闯进来的妹妹，娇俏的小脸上一片白，荆承的瞳孔收缩几下，扶了扶金边眼镜，示意她继续说。

"我……我一个同学，晚上……犯了点事。"荆楚婕急出一脑门汗，其实她也并不知道事态会有多严重，只是从小八的讲述里知道个大概。

在她断断续续的述说停下来后，荆承一直沉默地盯着她。

"你上个月突然跑回家说要请假，然后每天哭得半死不活就是为了这小子？"他忽然问道。

荆楚婕不明白他为什么忽然问这个，但现在事情紧急而且有求于人，她还是讷讷地点了点头："是。"

荆承叹气，从座位上站起来，径直绕过荆楚婕出去了。

荆楚婕怔在那里，不知道她哥到底什么意思。

等荆承再进来的时候，他手里提了双毛绒兔拖鞋，半跪在赤着脚的荆楚婕身前，帮她穿上。

"哥……"荆楚婕软声哀求。她是家里的老幺，荆承是她二哥，也是四个哥哥里最疼爱她的，几乎是有求必应，甚至为了她留在勒川警局。

但是这次，她心里的不安再一次燎起火舌，烈焰灼心。

　　荆承半蹲在她的面前，透过镜片认真地看着荆楚婕泪水涟涟的双眸，伸长手臂摸了摸她的头，语气温柔得就像是远道而来的山风。

　　他说："楚楚，不是哥哥不帮你，从小到大你要什么我都可以捧到你面前，只要你开心。但是楚楚，这个事情不一样……"他面色柔和，包含一丝惋惜、歉疚，又那么坚定，"这次不是你们小打小闹犯了小错，绑架勒索已经构成犯罪，楚楚，法律是为了保护大众而设立的，每个人也该为自己的行为负责。楚楚，这次哥哥帮不了你。"

　　荆楚婕眼眶里那颗摇摇欲坠的泪珠滚落，似乎裹着万钧之力，坠落在荆承搭在膝盖的手背上，摔成破碎的泪花。

Chapter 21   / 妈妈，为什么敲开你的心这么难 /

　　荆楚婕赶到医院的时候，陶茌彦正被警察带着往走廊外走，他头发乱糟糟的，表情紧张地不断和身边的警察重复："你相信我，和他们没关系，他们是后来赶过来劝我的……"

　　荆楚婕想要过去，却被隔开，而他甚至连望都没望她一眼。

　　她咬着唇不知所措地追在后面，是小八叫住了她。

　　回头，顾盼魂不守舍地守在急救室门前，面色苍白。

　　小八把荆楚婕拖到一边："具体怎么回事我也不知道，我得到消息赶过来的时候，警察刚说要带彦哥走，说协助调查？邱哥好像早就跑了……"

　　小八简短地将她所知道的经过说了一遍。

　　荆楚婕听完，只觉一阵脚软，她脸色难看地问："怎么会这样？"

　　小八犹豫了几下，才小声说："听跟彦哥去的人说，彦哥本来不想闹这么大，他只是想帮盼姐教训那女的一下，但是不知道怎么就变成了绑架……那女的好像有病，受了惊吓发病了，不过已经抢救过来了现在在病房里休息，不过陆屿初还在急救室，盼姐一直不说话……怎么办啊？彦哥会不会要坐牢啊？"

这个笨蛋！

坐牢这个词，让荆楚婕不由得变了脸色，以前因为陶莅彦打架，她找哥哥帮过几次，但是这一次，她真有点束手无策。她问："唐棣华在这个医院吗？"

"就在那边。"小八指了指方向。

荆楚婕深呼吸几口，昂头向那个病房走去。

不知道荆楚婕进入病房后和唐棣华谈了些什么，最后她是哭着走出病房的。

小八小跑过去将荆楚婕从墙角扶起来，看到荆楚婕用力捂着嘴，眼泪决堤，一颗颗悄无声息地透过指缝砸落下来。

很久之后，她才平静下来，忽然问："喜欢一个人没有错对不对？"

走廊里白晃晃的，白炽灯的灯管里好像在流淌着液体一样的光，周围攒动的人影虚化成黑影，就像是飘浮在人间的幽灵。

"为喜欢的人无论做什么都不会后悔，对吗？"她的语气轻飘飘的，像是随时会消散的风。

小八看着她直愣愣的眼睛反应不过来，一种莫名的悲伤不知道从哪里冲出，只觉鼻子一阵发酸。

似乎听到哪里有哭声，那么悲惨，那么伤心。

"顾盼！"

医院里人来人往，一声歇斯底里的怒喝声犹如一道闪电劈开混沌的嘈杂。

走廊上的人纷纷跟着望过来，顾盼也跟着这一嗓子站起来，浑浑噩噩地朝喊声的方向看去。

她茫然游离的视线和顾美琤燃烧的双目对上，顾美琤嗖的一下像离弦的箭一样奔了过来。

随后一记响亮的耳光清脆响起。

"你是不是要逼死我啊？啊！你是替你那个死鬼老爸在这里继续折磨我对不对？"顾美琤抖着拳头攥在胸口，双目似喷火，浑身都在颤抖。

顾盼像是被这一巴掌打醒了，右手僵硬地抚上麻痹的右脸，呆愣愣地看着眼前的顾美琤。

"你看着我做什么？怎么不看看你自己做的好事？你就这么见不得我好？啊？死丫头！"顾美琤此刻就像一个疯子，对着顾盼就是一通胡拍乱打，直把自己打累到喘气不停。

她们被看八卦的人围得密密实实，有人开始劝阻，但是止不住怒火高涨的顾美琤，她高亢的哭骂声不绝于耳。

荆楚婕隔得远远地望着那边的闹剧，嘴唇抿得死紧，小八也愣在原地不敢上前。

"我没有。"顾盼冷冷的声音在空旷的走廊回荡。

荆楚婕的心里像是有一阵阵的海水拍打上来，浸湿了湿漉漉的伤口，一阵刺痛蔓延不绝。

"还嘴硬？"顾美琇像是困兽一样在原地转了几圈，从临近的病房门口抄起笤帚，"从小就不知道消停，到处给我惹事，现在更不得了！"竹制笤帚一下下抽在顾盼身上，她暴跳如雷的样子就像是一个疯子，"成绩差、打架逃课，我都装作不知道，你现在越来越过分，教唆同学去欺负你妹妹，绑架她还要勒索！你怎么会这么坏？啊！顾盼你怎么下得去手……"

顾盼站在原地，裸露的胳膊传来尖锐的疼痛，那种火辣辣的感觉就像是顺着血管爬行的针尖，所到之处无一遗漏。

实在忍不住了，荆楚婕大步冲上去，她不知道该拦住顾美琇还是推开像是石像一样扎根在原地的顾盼。

"别打了！"

顾美琇眼睛里射出憎恨的光，她咬牙："现在好不容易过上好日子，早知道……早知道，当初我就该听别人的把你扔了！省得现在只会拖累我！"

倔强杵着的顾盼这时像是瞬间被机器压瘪的甘蔗，摇摇欲坠地再也撑不住，几个趔趄后靠在墙上，耳朵里一片嗡嗡声，她只看到顾美琇的嘴张张合合，却一个字也听不到。

平时顾美琇生气的时候也从没一句好话，但是如此恶毒的诅咒她却是第一次。那些话像是带着冰碴一股脑儿往她脑袋里挤，扎得她疼出眼泪。

周围有人开始数落顾美琰："你是她亲妈还是后妈？怎么这么诅咒孩子？"

顾美琰没有回嘴，只是白着嘴唇哆嗦着怒视顾盼。

"我没有！"顾盼抖着嗓子喊出这一句，垂在身侧的拳头捏得死紧，她努力地撑着不让眼泪再落下来。

"没有？哼——"顾美琰冷笑一声，抬手忽地一指荆楚婕，"你问问你朋友，如果不是她告诉我，我还蒙在鼓里！"

顾盼下意识地顺着顾美琰指的方向看过去。

荆楚婕心里"咯噔"一声，下意识地低下了头。

脑袋里"嗡——"的一声，顾盼只觉得有什么东西突然绷断了。

昨天她还在满天霞光中感慨她的友谊，今天却被这份友谊狠狠挠了一爪。她盯着前面那个不敢抬起脑袋的人，有些不敢相信。

顾美琰不依不饶地抓着荆楚婕让她做证："你说，是谁指使那个男生去绑的我女儿？"

——我女儿？

顾盼回头，歪着头滑稽地看着气急败坏的顾美琰，在心底不断地重复这三个字，半晌又反问自己：那我是什么？

我是什么？是无根的野草？还是没有方向的浮萍？

"她是你最好的朋友，她不会说谎吧！"顾美琰放开手，转而抓住顾盼的双肩，顾盼就像是一个破布娃娃任她摆布。

——对啊，为什么？顾盼也不明白，她费力地扭头，眼睛一眨也不敢眨地望着荆楚婕，但是荆楚婕始终没有抬头。

她好像又回到小学时候，被众人言之凿凿指认她是小偷：就是她！

那种感觉，就像被人剥光了在大街上游行示众。

她像是被人掐住脖子，再也说不出一个字。

"你们在做什么？"

一声呵斥传来。

随着顾美琦的转身，顾盼脱力一软滑落下去，脑袋不知道砸在哪儿，一阵眩晕感传来，眼前一片血红。

朦胧中，她看到顾美琦一瞬间泪流满面，蹒跚着扑向人群外的唐朝。

"老公，我们的女儿，被这个臭丫头害得进了医院……"顾美琦絮絮叨叨说的话她已经听不清，耳朵被蒙了一层塑料布，声音都朦朦胧胧的。

坏了，有哪里坏了？原本秩序井然的火车，是哪一个零件坏了，现在轰隆作响，左右颠倒。

唐朝是在醒来后才知道这些的，他急匆匆赶到医院，就撞见这场闹剧。

他看见顾盼，这个和自己女儿年纪不相上下的孩子跌坐在地上，垂着头看不到表情，大颗大颗的眼泪伴随着额头的鲜血滴落下来，在她面前，她的亲生母亲不曾动容地一直咒骂，他忽然觉得心里被针刺一样难受。

"那是你女儿！"唐朝推开看到他就奔过来哭泣的顾美玠，浑厚的声音就像兜头泼下一盆夹杂着冰碴的水，冒着寒气让人遍体生寒。

顾美玠浑身一震，那根细瘦的、指着顾盼的手指顿在半空，泪水花了精致的眼妆，黑色的泪痕曲折地纵横在她那张娇媚妖艳的脸上，显得尤其可憎。

终于有人回答了她心里那个关于"她是你女儿，那我是什么"的问题。

顾盼很想笑一笑，却沉重得掀不起嘴角。

"噼啪——"

恍惚听到什么裂开的声响，那个声音，像裹了一个冬季的蛹突然裂开，像秋天树叶脱离树枝的喟叹，像夏日撕破带着臭氧味空气的闪电，像惊蛰沉沉乌云下的隆隆惊雷。

顾盼闭了闭眼睛，想起小时候被人诬赖偷东西，顾美玠也都是不分青红皂白先当着众人狠狠揍她一顿……

年幼的她在那时候已经明白，什么叫作在夹缝中求生存的小人物，要生活下去，只有戴上假面，委屈自己去向世界妥协。

但是为什么，明明这么努力地不要被人家讨厌，伤自己最狠的却总是身边最亲密的人呢？

顾盼的心里微微发酸，身体里像是被安装了一个水龙头，开关打开，汩汩地流淌着一些东西。

　　她只是想要像别的小孩儿一样，哭的时候有一个温暖的怀抱，摸着她的头，告诉她没关系……

　　她抬了抬沉重的脑袋，最后深深地望向顾美瑛。

　　——为什么？为什么这么难？妈妈，为什么敲开你的心这么难？

　　心里在呐喊，嘴里寂静无声。

　　一场闹剧，因为唐朝的到来匆匆收尾。

　　小八扶顾盼去处理伤口，荆楚婕亦步亦趋地跟在后头，谁都没有说话。

　　消毒水刺激得额头一跳一跳地疼，却压不住胸膛里撕裂般的阵痛。

　　顾盼从始至终都没有再看荆楚婕一眼。

　　时过境迁后的许多年，荆楚婕反复问过自己，到底错了没有？

　　"我不想他出事，我也没有办法了……"荆楚婕看着顾盼毫无生气的脸，那么陌生，她慌了，她压根没想到自己那句谎话带来的竟是这样狂风暴雨般的结果，她慌张地解释，"唐棣华说只要我说是你的主意，你妈妈肯定会护着你……或者你求求你后爸，你跟你后爸撒个娇求求情，这件事情就大事化小了！"她觉得脸上有些凉，伸手摸到一手的眼泪。

　　她分不清是什么样的力量支持着她说话："我求了我哥哥，他说没有办法。我不知道该怎么办……陶茌彦本来也只是为了你出头吓吓她而已，是泥鳅利用了他，他不知道啊……陶苲彦还那么年轻，他对你那么好！阿顾你也不忍心的对不对？你不会忍心让他去坐牢的对不对？"

她伸手想要抓住顾盼的胳膊，就像以前在学校里那样。她相信顾盼能理解她能原谅她的，她们是那么好的朋友……

顾盼避开她的手，后退了几步，然后慢慢地用一种像是盛夏从地窖里起出的寒气森森的冰一样的语气，一字一句说："你根本不懂我。我什么都没有，现在我真的什么都没有了……"

有什么碎掉了，寂静的夜色里像是石块砸碎玻璃窗发出的清脆响声，声音实质化成为凌乱的碎渣簌簌地往下掉，朝着心脏最柔软的地方凌厉地扎进去，深深浅浅的伤口里，血液汩汩地向外冒……

荆楚婕望着顾盼越来越模糊的背影，困惑地闭上了眼。

她当然不明白，不明白顾盼的赤贫，不明白什么叫作穷得只剩下尊严……

陆屿初已经出了急救室，顾盼走过去痴痴地看着病床上昏迷不醒的陆屿初。

她说不清现在自己心里的感受，她来不及悲伤、来不及解释，只是下意识地想来看他。

陆屿初静静地躺在床上，他很少有这么老实的时候，让他知道自己看到他这么虚弱的样子，大概又要急得跳脚。她将嘴唇轻轻贴上那个苍白的额头，她低声靠近陆屿初的耳畔："陆屿初，我暂时偷走你，做我的心上人好不好？"

　　一滴晶莹的眼泪，溅在陆屿初直挺的睫毛上。

　　陆屿初好像做了一个十分冗长的梦，梦里有一块很大的湖泊，周围鸟语花香，顾盼就在身边，但是很陌生。

　　她很开朗，有爱她的家人，优异的成绩，成群扎堆的好友……

　　那是一个与他认识的顾盼截然相反的人。那个"顾盼"不会跟在他身后小心翼翼地窥视他，那个"顾盼"热烈而充满活力。

　　那好像不是顾盼，他疑惑地想。于是，他一直追在她身后想知道到底发生了什么。

　　但是当他转身低下头看那片湖面，就像一道分界线，湖面上又呈现出他身后紧跟着的顾盼的影子。

　　湖底的顾盼看见他回头很高兴，熟悉的笑容渐渐浮上水面，但是瞬间又凝滞住，反而向湖底沉，他赶紧伸进湖水想要抓住她，水面破开时分一阵吸引力将他扯入湖里。

　　窒息感扑面而来，耳朵里都是哗啦啦的声音，就在他力竭向湖底沉沉而去时……

　　"陆……屿初……"

　　有人在叫他。

　　湖水充斥耳旁他听得不清楚，他甩了甩头，那个声音又大了几分……

　　"陆屿初，我暂时偷走你，做我的心上人好不好？"

　　他想回答，但是一张口呛进满腔的水，那声音离他越来越远……

陆屿初挣扎着惊醒过来，满眼都是素白，令他迷茫了一瞬。

"你醒了啊！"达霖的声音响起，看他挣扎连忙上前帮他坐起来。

他想问自己在哪里，但是喉咙一阵干涩令他剧烈咳嗽起来。等他好不容易缓过气，才发现不对劲。

"顾盼呢？"

……

Chapter 22　　/ 你总是生气，总是突然就不喜欢我了 /

随着高速移动，天空中的云都变得模糊不清，日光一道道被树影割开又融合。

陆屿初从车上下来，左手上绑着石膏绷带，脚步踉跄。一路上，他敷衍着邻居们的问候，跌跌撞撞爬上那栋熟悉的楼。

敲上顾盼家那扇门时，他的心脏好像下一秒就会跳出来，那个莫名其妙的梦，就好像一种灾难来临前的古怪示警。

"顾盼！顾盼你开门！"他用右手用力敲着门。

好几分钟，无人应答。身后自家的门却开了，陆一言手上提着一个袋子，脸上全是愕然——这货什么时候醒了？他只是回来替儿子拿几件欢喜的衣物，这货怎么自己跑回来了？

"屿初？"

陆屿初还在敲顾盼家的门，想到什么似的，手一顿，扭身绕过陆一言跑向自己房间。

陆一言一头雾水。

"哐——噼啪——"

玻璃碎裂的声音接连不断响起，陆一言吓一跳，丢下手里的东西慌乱地跑进去。

陆屿初的房间阳台上玻璃窗大开，顾盼家的窗户却被打破了，窗棂上有几滴刺眼的血迹。

"陆屿初！"陆一言惊慌失措地扑过去，心脏快蹦出嗓子眼，好在楼底下没有状况，他吐出口气，恨恨道，"死小子！"

陆屿初费劲地从阳台上爬到顾家，脚下的碎玻璃被他踩得噼啪作响，他没空理，径直跑向顾盼的房间。

"顾盼！"

没有人回答，房间里空荡荡的，窗明几净。

书桌上一支钢笔吸引了他的视线，那支钢笔是小学时候他送给顾盼的，笔下面压着一张对折的纸。

陆屿初抖着手将它抽出来，却没有了打开的勇气。终于，在内心的惶惶不安快要把他逼疯之前，他打开了手上的纸——

陆屿初：

初三的时候你问过我，我每天是不是没有事做只知道追着你跑，我表面笑嘻嘻心里很沮丧。我想你可能不明白那种感觉，就是你明明做着世界上最没有意义的事情，也津津有味、乐此不疲。

因为喜欢，即使看起来徒劳的事情，也会让内心非常满足，觉得充满意义。

有句话你可能已经听厌了，也可能我从没有正儿八经地说过，所以你并没有放在心里。

现在，我想最后一次、郑重其事地说给你听，即使你可能不想听。

那就是，我喜欢你。真的很喜欢你。

喜欢你这件事快十年了，我以为只要我守着你，就总会等到你答应的这一天。事到如今，想想也许是我太天真。

你问我喜欢你什么，我说不出来，但是就像日出山、鲸潜海、鹿饮泉，我喜欢你也是这样自然而然的事。当我发现的时候，就已经喜欢上了。给你带来了许多困扰吧，每次在你身边，你好像总是不耐烦的样子，以后不会了。

我干脆利落地喜欢过你，现在又要拖泥带水地离开，还真是狼狈，一点都不体面。

我走了，离开勒川了。很可惜，没有知道你的答案，但是没关系了，因为我发现，很多事真的要尝试过后才明白，从头到尾都是自己在白费力气……无论是你，还是妈妈。你放心，我不是离家出走，只是想去外面看看。你也不要有负罪感，是我说的停。

最近总在想，未来我会成为什么样的人，我想不到这个答案。但是，我相信你未来会很出色，会活得很精彩。只是，那里面可能没有我的位置吧。

其实还有很多想说的话，但是要说出来好像也只有这些了。

陆屿初，很抱歉都没有机会和你好好说再见。

从今往后，在我看不见的地方，你要好好的。

顾盼

陆屿初一口气读完，却像是花光了全身力气，纸张仿若重于千斤，他靠着书桌坐在地面上，脑袋深深地埋进膝弯，信纸顺着他的指间轻飘飘地滑落至地面。

不知道过了多久，玄关口传来开门声。

"老陆，到底怎么回事啊？急急忙忙打电话叫我过来？顾盼？顾盼？"顾美琰的声音撞进耳膜。

房门被打开，顾美琰看到坐在地上的陆屿初明显一愣："顾盼呢？"

陆屿初捡起地上的信纸："她走了。"

"走了？"顾美琰白着脸重复了一遍。

陆屿初疲惫地绕过她向外走去，陆一言一脸铁青站在玄关，见他出来，揪住他的后衣领就往家里拖，进门的时候踩翻了门口的踏脚垫。

"你在做什么？陆屿初你不要命了吗？我一直以为你怨恨我但不至于和自己过不去，所以我一直没有管你。但是你看看你现在，越来越不像话！荒废学业、和人打架，还不要命地爬窗，你想没想过你要是有个好歹，你老爸我怎么办啊！"

陆屿初推开他的手，疲惫地说："我想一个人静静。"

"你说的什么话？今天我们父子俩一定要把这件事情说开，我知道自从你妈走了以后……"

"你别提我妈！你没有资格提我妈！"陆屿初突如其来的暴跳让陆父愕在原地，他打量着眼前已经比他高的小子，凌乱邋遢，左手吊在脖子上，侧脸还有淤青，额头包着纱布，满眼通红瞪着自己的眼神让他晃觉他们好似不是父子，而是一对仇人。

"要不是你，我妈不会走，不会丢下这个家！是你，你不负责任、你对不起妈妈对不起这个家……"

是啊，如果不是这样，当初自己也不会和顾盼划清界限，也不会到后来想要解释都难以启齿……

房间里突然沉默下来，仿若灰尘簌簌落地的声音都听得见，陆一言一瞬间像是苍老了许多，他站在那里，嘴唇哆嗦，眼眶里有将下未下的晶亮。

"我这辈子最后悔的事情，就是对你撒了这个谎。"陆一言艰难地打破沉默，"当初，我以为这个错误就归结在我身上你会比较好受，毕竟你和你妈妈感情那么深，而我一直在外地……"

他话里的意思让陆屿初下意识地反驳："你说谎！明明是你背叛了这个家！是你和顾美珏……"他话还没有说完，门口传来一声惊呼："老陆，你老婆跟人跑了这么久，到现在还在给她留门啊？"

陆屿初错愕地转头，顾美珏的手心里躺着一片钥匙，钥匙上的贴纸是他幼时贪玩贴上去的……那一瞬间，他感觉胸口像是一口洪钟被猛烈撞击，伴随着嗡鸣的巨响扩散于他的四肢百骸。

——怎么会这样？

——为什么是这样？

——他究竟……都做了些什么……

他直直地跌坐在地，双手颤抖地揪住头发，眼睛像是找不到焦距左右晃荡，耳朵里却恍惚听到顾盼的声音。

　　她说："因为喜欢你，所以那些我都不会在乎！"

　　她说："我多想成为你会喜欢的那种人……"

　　她说："你总是生气，总是突然就不喜欢我了……"

　　她说："我这样不顾你的意愿死皮赖脸缠着你，给你带来了很多困扰吧？以后不会了……"

她的声音，还有她的脸，明快、犹豫、哀伤，明明眼泪爬上眼眶还倔强地瞪着自己、撇开脸去小心藏住委屈……

这些往日里不敢面对的点滴现下倾巢而出，盘踞在脑海里不知疲倦地冲击那根已经接近极限的纤弱神经。

陆屿初弯曲的脊背像是一张拉满的弓，微微震动，伴随着胸腔里一种类似困兽般的呜咽……

后来很长的一段时间，盘踞在他想象中顾盼所经历的那些不分青红皂白的叫骂，还有重物击在骨骼上沉闷的钝痛，在午夜梦回的时候常常浮现。

原来痛彻心扉这种事，并不虚幻，它绵延全身，牵扯着每一根神经，切切实实感受到这份情绪的糟糕和无助。

警局。

荆楚婕求了荆承很久，终于等到哥哥松口让她来看一眼陶苙彦。

她看着陶荏彦被带出来，手上铐着手铐固定在桌面上，低垂着头。

她的眼睛瞬间就红了。

"那一伙人在警察来的时候就已经四下逃散，但是大部分在警局都有大大小小的案底，你放心……"荆楚婕费力地将荆承告诉她的复述出来，安抚着陶荏彦。

"这件事情跟你没有太大关系，我会帮你的……"

"顾盼呢？"他眼神灼灼，神情迫切地盯着荆楚婕，眼睛下有明显的乌青，往日里不羁的脸庞上因为此刻的不修边幅显得狼狈颓丧，显然这几天他的日子并不好过。

荆楚婕张了张嘴，没有说话。

"她怎么了？"这几天也有人来看他，从那些只言片语里，他隐约直觉顾盼一定出了什么事。

而且，顾盼也没有来看过他……

他现在只想知道的是，顾盼有没有因此受到牵连，还有因为自己的愚蠢牵涉到的人，是否还好……

——会不会真出事了？

这么一想，陶荏彦更加急躁，想要站起来奈何手脚都被铐在桌椅上，控制不住地拔高声音："怎么回事？"

这次，荆楚婕避开了他的视线。

"到底怎么了？"

"没什么，唐棣华和陆屿初都没什么大碍了。"她咬着唇，手捏得死紧。

陶荏彦悬着的心稍稍安定，又恍然觉得不对劲。

"那顾盼呢？顾盼怎么样了？"

回答他的是荆楚婕的沉默。

"你说啊！到底她怎么样了？"他整个人几乎贴到她的面前。

"你别激动……我……"她有些晦涩咽了咽口水继续说，"现在最重要的是你！你不要管这些，你放心我会帮你……"

"荆楚婕！你知道顾盼一直把你当最好的朋友，我也是，你到现在还要瞒着我吗？她如果有什么事，你对得起她吗？我告诉你！我什么都不怕！一人做事一人当！只要她没事！你告诉我！告诉我啊！"伴随着他的激动，手铐的金属撞击也越来越激烈。

她蹙着眉头别开头去，肩膀控制不住剧烈起伏。

"我……"她终于艰难地将那天发生的事情一五一十地说了出来。

说完之后，她不敢看陶荏彦。

良久的沉默将他们包裹，好像有人向这个狭小的房间里抽去了空气，令他们胸口发闷。

陶荏彦诡异地沉默着，荆楚婕的身体里像是有什么正在发酵，那种酸涩窒闷随着每一个气泡向上盘旋，在每次炸裂的一瞬间，胸口就要剧烈颤抖一次……

"你走吧，不要再来了。"陶荏彦低垂着头，看不清表情。

荆楚婕惊得站起来，她嗫嚅着，虚弱地解释："她不会有事，她是那家人的女儿，她……"不知道是想要安慰他，还是宽慰自己，但是好像自己也觉得蹩脚一样，她说得结结巴巴。

"为什么要这样做？"他声音很低，像是从很远的地方飘摇过来，有些颤抖。

荆楚婕浑身一颤，一直攥在桌面下的手指节苍白："你不能出事，我不能眼看着你有事！这是最好的办法，顾盼也会愿意这样的，她也不会忍心看你出事！"

"呵，陆屿初还真没说错啊……"陶茌彦忽地想起那天陆屿初警告他的这句话，低低地笑出声。

——你这样子没有是非观，凡事一味纵容，迟早会害了她。

真是一语成谶，是他害了她，都是因为他……他焦躁地低头压在桌面，双手压着头顶，死死地压着，恨不得就这么死去。他居然会相信泥鳅的话，居然真以为自己无所不能……

陶茌彦被警察带走，荆楚婕浑身脱力地瘫坐在椅子上。

狭窄的房间里日光灯异常明亮，光线刺得她酸涩的眼睛不自觉地眯了眯，桌面上手机屏幕光显得有些微弱，刚刚读取的短信还没有关掉。

小八：顾盼走了。

她恍惚想起那天晚上顾盼的背影，天空好像很远又好像很近地压在她细瘦的脊背上，她越走越远，在两个人之间划下一条跨不过去的鸿沟。

她的脑海里忽地浮现出"孤独"这个词语。

　　从小到大她都是众星捧月一般被呵护着，但是在这个无星无月的夜晚过后，她所有的快乐，好像都跟着顾盼离开了，而她，只能独自在一个人的时候、在夜色无边里，压抑着哭泣，咽下悔恨，然后一边洗脑般安抚自己：这样没错。

　　终于收拾好情绪，打开门走出去，她狼狈地揉揉脸与一个警察擦肩而过。

　　忙碌而井然的环境里没有人注意她的失魂落魄，几乎每天都有她这样为犯罪的亲朋好友哀求哭泣的人。

　　旁边一扇门从里头打开，年轻警察扬起手中资料，不知道冲谁喊："哎，绑架案那小子认了啊，这是他的笔录……"

　　荆楚婕浑身一震，脚步踉跄地跑过去。

　　"哎哎，你干什么？"

　　她抢过那份笔录，一目十行地看，翻到最后一页，看到那个她无比熟悉的签名时，滚烫的泪珠从眼眶里坠落下来，砸在纸张上……

　　啪嗒！

Chapter 23　/终于找到你了，我很想你，你知道吗/

雪不停地下，一脚踩下去，绵绵的雪已经盖过驼色的雪地靴，顾盼深一脚浅一脚地走向那栋熟悉的灰色建筑。

这是她生活了十几年的家，也是她一直不敢回来的地方。现在终于不用透过回忆实实在在站在这儿看看它，好像从来没变化。

她在门口的脚蹬上踏干净鞋面上的雪，掏出钥匙打开了门，扑面而来的是一股许久无人居住的旧房子味道。

摩挲在熟悉的家具上，她慢慢走进卧室，视线先投向阳台。在这里，有太多她和陆屿初的回忆。她叹了口气，随手关上门。转身时稍稍一错眼，望向书桌，顾盼忽然一愣。

原本收拾干净的桌面上多了许多东西，最显眼的是……那一年平安夜送给陆屿初的苹果？

顾盼不敢置信，但是那包装她不会记错，她还记得自己拿在手里犹豫着该怎么送给他，那上面的花纹都深深映在她脑海里！

她扑向桌面，把它抓起手心，沉甸甸的触感。她抖着手一点点拆开塑料纸，一颗晶莹剔透的水晶苹果躺在其中，旁边还有小卡片。

顾盼，平安夜快乐。——2009.12.24

顾盼数了数，2009 年到 2013 年，五张卡片。

她抬手捂住脸庞，忽然慌了神。

桌面上还有一个纸盒，掀开盖子，里面有许多零碎的字条。她抽出一张，看了几眼，就认出那是自己留在地下铁表白墙上的便笺。

陆屿初，喜欢你这件事，一开始我就没在怕的！

顾盼望着自己稚嫩的笔记，哑然失笑，正感叹那时候的天真，随手翻过背面，却愣住了——喜欢你这件事，我现在不怕了。

是陆屿初的笔迹。

她捏着便笺的手指因忽然用力，骨节变青白色，翻了翻盒子里剩下的几张，无一例外背后都有陆屿初的回复。

所有的便笺都躺在桌面上，下面是一打照片。照片上只有陆屿初一个人，他变得更坚毅沉稳，好看的眉眼却透着悲伤。照片的背景是不同地方的地标建筑，但是照片有些奇怪，不知道为什么，明明是以他为主角的照片，他都站在镜头里偏离中心的位置，好像是在将另一边特意空出来。

她鬼使神差地将一张张照片翻过来，顿时再也忍不住泪如雨下——

顾盼，你走了以后，我才发现，原来我们连一张合照都没有。

当我站在这里的时候，脑海里第一个念头是，如果你在该有多好。

可是你不在这里，你在哪儿？

我还是找不到你……

寂静无声的森林迎来晨曦第一缕阳光，沉睡了一整夜的鸟儿欢腾地跃上枝头，绿色的植物柔软地舒展脉络。

她的嘴角翘起一丝弧度，泪水爬满脸庞如同夜里涌上沙滩的海汐。

那些记忆汹涌着，就像是原野上春雨润泽后疯长的如茵绿草。

后来，后来不再重要了。她迫不及待地想要见到陆屿初。

手机忽然响起，是一个陌生号码。顾盼不知怎么就有一种直觉直冲脑门，她紧张得手指都有些不听使唤。

"顾盼。"电话那头的声音有些沙哑而陌生，但是顾盼就是肯定，电话那头一定是陆屿初。

她忽然就不知道该怎么应答，喉咙里发出一声很低的回应，眼泪不听使唤地往外涌。

"顾盼，你现在认真地听我说。"

她抓着手机点点头，眼泪随着用力晃动的头不断落下。

"你还记得 I will not change , no matter how U change 吗？"

"我一直想亲口告诉你，这句话的意思不是电流不随电压的变化而变化，是不论你变成什么样，我都一如既往地爱你。"

"我很后悔，这句话我很早之前就该告诉你，但是因为我自以为是的任性和固执，一直在伤害你，顾盼对不起……"

"我们之间的故事，从一开始的你跟在我身后，到现在换我来找你。我们一起把遗憾弥补回来，好吗？"

整个世界好像瞬间被抽空，只剩下陆屿初的声音清晰在侧。

顾盼说不出话来，只拼命点头，一颗颗泪珠似珍珠一般纷纷洒落在桌面，开出一朵朵暗色的水花。

"你在哪儿？"顾盼的声音闷闷的。

"你开门。"

顾盼错愕，连忙跑向门边，手指在把手上停住了，她听到听筒里传来他同样急促的呼吸声。

她努力平复呼吸，用力拉开门。陆屿初果然就站在门外，光顺着他的背照进来，他清晰的眼，如同日食时分环绕的日冕层，一瞬间让她失了神。

他的五官有些微的变化，但是渐渐与记忆中那张脸重合，感觉有些微妙。

"所以，你同意我喜欢你了吗？"他手边还举着电话。

他笑得清浅，眼睛里却满是珍惜："不说话我就当你同意了。那我……可以抱抱你吗？"

顾盼还没来得及回答，就被他一手揽在怀里。

清风拂面般的温柔扑面而来，舒适的面料摩擦她的脸颊，吸干她脸上的泪水。

　　"终于找到你了，我很想你，你知道吗……"像是喟叹，陆屿初喃喃说。

　　顾盼闭上眼，投降似的抬起手臂，紧紧环住他宽阔的脊背。

　　——我也很想你。

番外篇

番外一

2015 年 2 月 23 日。

雪季已经过去，气温渐渐回暖，阳光重新拥抱大地。

时间还很早，礼堂里忙碌的工人穿梭在洁白的座椅间，礼台上有人拿着话筒"喂喂"地试音，宴会现场到处是簇拥着的花束，扎着洁白的软纱，惬意卷舒的花瓣中夹裹着银白色的水珠……

长长的 T 台上墨绿色的地毯，沿着两边点亮的一串暖黄色的小灯泡，陶茬彦顺着那条光路，定定地仰望舞台的正中央大幅的海报……

"陶茬彦！"

身后传来一声呼唤。

陶茬彦连忙转身，光芒从门口那两个人的身后投射过来，他反射性地眯了眯眼睛，看到模糊的轮廓。

化妆间里，伴随着"嘶嘶"声，空气里蔓延着一股混杂着花香的甜腻香气，一个穿着干练的化妆师正在给穿着白色婚纱的新娘上妆定发，偶尔有一搭没一搭地闲聊，透过镜子打量着一脸平静的新娘，心里有种说不来的怪异。

"好了，真漂亮，新郎看到肯定被你迷死了！"化妆师捧着她的脸啧啧不停地赞叹，新娘没有出声。

正当化妆师尴尬之际，化妆间的门被敲响，化妆师忙不迭地跑去开门。

"荆楚婕在吗？"

正在梳妆镜前发呆的荆楚婕听到熟悉的声音，倏地抬起头，果然从半开的门缝里看见一身西装的陶苒彦。

"你来啦。"原本还在低声叹气的荆楚婕脸上瞬间就有了笑容，化妆师在一边眼睛都直了。

"好看吗？"荆楚婕趁他走进来的时候站起身，张开手臂小幅度地左右转了转。

陶苒彦眼神一晃微笑着点点头："认识这么多年，今天最好看。"

"胡说！"荆楚婕嗔怒，"分明每天都好看！"

"你今天结婚，你说好看就好看，你说了算。今天娶到你的那个小子，真有福气……"

荆楚婕闻言看着他的脸，心里有一股强烈的冲动促使她想要说点什么，但是她知道，有些话，早就已经没有说出来的资格。

　　眼前是她熟悉又好像有些变化的小麦色脸庞，荆楚婕有些晕头转向，恍惚地想起好多年前的记忆，还有一个那个许久不曾出现过的女孩儿。

　　那个一去不回头，却把她生活搅得天翻地覆的……顾盼……

　　荆楚婕还记得当陶茬彦得知她离开，他愤怒得就像是笼子里的困兽，一遍遍质问：为什么要这么做？

　　那时候她觉得很可笑，为什么要那么做，结果是显而易见的不是吗？

　　直到她得知，陶茬彦已经揽下所有罪。

　　她蒙了，整个人天旋地转。才明白，原来可笑的，一直是自己。

　　后来，她很多次想要去看看陶茬彦，他一直避而不见，她想她应该很恨自己吧？就像她每天每天悔恨自己的卑劣一样。

　　好在最后警方抓住了泥鳅他们，同时也了解了事情真相，陶茬彦在这次事件中只是为了帮朋友出头，并没有犯罪意识，最后被别人利用了而已……

　　荆楚婕摇摇头，把心底的情绪用力地压下去："不是说给我带了礼物吗？"

　　陶茬彦看着她伸出手掌，毫不留情地用力一拍，然后转身向门外走去，咬牙切齿地说："你等着！"

　　荆楚婕站在原地"扑哧"一笑，将刚才被打的右手收在身后，看着他的背影，左手不自觉地盖住。

　　——每当我想起你，我都会不得不接受一个事实，从开始到现在，其实一直都是我用一种近乎顽劣的方式，强行塞给你许多，迫使你接受各种各样没有道理的东西。比如我的关心、我的陪伴……

——我的无理取闹、胡搅蛮缠，毫无道理的不安感还有不可救药的占有欲。

——很多很多……

——自始至终，我却忘记问你一个最重要的问题：这些东西你究竟想不想要。

——我一直埋怨你对我不够好，但是现在我知道，或许在这个世界上总有那么个人，因为不愿意将就或者不屑于欺骗，而给你的全部的坏，其实就是他能够给得起你的，最好的好。

荆楚婕偏过头，看到镜子里盛装的自己，脸上的笑容就像慢动作一点点湮灭，身后交握的手一点点收拢。

开门的吱嘎声响起。

"阿婕——"熟悉的声音，就像记忆里数以千计的呼唤同时被飓风席卷，荆楚婕不敢置信地回过头。

顾盼微笑着站在门口，笑眯眯地弯着眉眼看着她。

一瞬间，所有情绪化成磅礴汹涌的巨大海浪向她席卷而来，她的眼睛立即被打湿。

顾盼向她走过来，冰凉的手指轻轻擦去她脸上的泪水："别哭了，妆花了多难看……"

荆楚婕再也顾不上别的，紧紧把她拥进怀里。

　　化妆间外的走廊里。

　　陶荏彦双手抄在西装裤袋里，嘴角夹着烟一脸痞相"真是奇怪，我还以为，我们这一辈子都不会有心平气和面对面的一天。"

　　阳光浸润在他已经完全舒朗开的脸庞，微眯着眼盖住瞳仁里的复杂情绪，睫毛上尘光浮浮沉沉，眼皮上是岁月温柔的抚触，遥远的记忆里，两人剑拔弩张对峙的场景在脑海里破土而出——"陶荏彦，你这样子没有是非观，凡事没有轻重一味纵容，迟早会害她一辈子。"

　　这句话，当时陶荏彦是那么不屑一顾。后来很长的一段时间里，他有大把的时间沉淀自己的内心，当夜深人静，看着遥远的月色，他不得不承认，陆屿初是对的。

　　斜靠在墙壁上的陆屿初闻言，跟着轻声笑起来。

　　"你小子怎么运气总是这么好，害得我总是没有机会。"陶荏彦不怀好意地笑着。

　　"我不会给你这个机会的。"陆屿初斜睨他一眼，以前没有，现在不会有，以后更加不可能。

　　陶荏彦看出他眼神里的敌意，心情却恶劣地好起来，懒洋洋地撚灭烟头："说起来，什么时候能吃上你俩的喜酒啊……"

　　陆屿初没有说话。陶荏彦等了一下就觉得没劲，在心里骂着陆屿初的无趣，抬脚向礼堂走去"我先过去了，你俩结婚记得通知我。"

　　陆屿初转过身，顺着走廊地板上投射的浅黄色阳光，慢慢地从阴影里走出去。

　　"快了。"轻飘飘在空气中散开的两个字,不知道是在说给谁听。

　　伴随着宾客的掌声,悠扬的乐声缓缓在室内流淌,一对新人从花瓣雨里慢慢地走出来。

　　荆楚婕走在 T 台上,眼神不自觉地跟台下的顾盼相撞,她温柔地冲自己笑。荆楚婕的手不自觉地摸上脖颈,那里躺着一条层层银杏叶型的项链。荆楚婕想起刚才在化妆间里,顾盼帮她戴上的时候说的话:我们已经过了向彼此说对不起的年纪了,更重要的是释怀,对吗?

　　等她在舞台中央站定,司仪的絮絮叨叨,她根本听不清楚,她隔着头纱望向坐在顾盼身后的那个人。

　　陶荏彦微笑着跟着一起鼓掌。

　　她的眼睛渐渐模糊……

　　——这个世界上最难过的,莫过于太过清楚地明白,你没有办法和你心里喜欢的那个人在一起。

　　——他不属于你、他会离开。这个真相或早或迟总会降临,你不得不放弃。

　　——但是……

　　——用整段青春去爱你,是我这辈子做过的,最极端也是最奢侈的事情。

　　——而我从来没有后悔过。

番外二

顾盼抱着一杯五颜六色的饮料，咬着吸管小口地啜饮，眼睛不停地向洗手间的方向望去。

"出息……"坐在她对面的骆淼翻了个白眼。对她这种陆屿初一走开就化身"望夫石"的行径，表达了充分的不齿。

"就是就是……"达霖坐在骆淼身边，忙不迭地附和。

骆淼眼珠子就跟雷达一样紧跟着撇了过去，眼神里掩饰不住的都是对他的嫌弃。

达霖却讨好地冲骆淼笑了起来。

顾盼一看他们俩之间的互动，推开杯子趴在桌上，一脸"奸情被我抓住了"的坏笑看着他们。顾盼一直觉得他们俩之间的相处模式很奇怪，前几次四个人一起出来，骆淼和达霖客套得像陌生人。达霖完全不记得骆淼，骆淼也一点都不生气，反而挺开心。

用她的话来说：那些不好的样子他完全没有印象，对我来说是好事，我对他而言是崭新的开始。

　　骆淼伸出一根手指，顶了顶顾盼的额头，向卫生间的方向努努嘴。顾盼的注意力立马分走，但是在看到一个妖娆的女人扭着臀靠近陆屿初的时候，脸色立马黑下来，腾地站起来，气冲冲地走过去。

　　座位上的两人乐颠颠地看戏，顾盼近乎护犊子一样一把挽住陆屿初的胳膊，冲那个女人笑得端庄极了，一副正室模样。

　　骆淼好笑地摇了摇头，再看过去两人已经拉拉扯扯地走了过来。

　　"……她问我厕所在哪里。"

　　"厕所那么大个标识，瞎啊！那么大的眼珠子是装着玩的吗？"

　　陆屿初不说话，笑着揉了揉她的额头，伸出拇指把她眉心的隆起按下去，一脸宠溺。

　　达霖觉得自己要瞎了。

　　"招蜂引蝶！不守夫道！"顾盼甩开他的手。

　　陆屿初坐在座位上，听到她的话明显一顿。

　　顾盼接着说："以后走路目不斜视，传单都不许接！"

　　陆屿初好脾气地哄她："好，都听你的。"一手扯了扯顾盼的胳膊，顾盼一下跌坐在他身上。

　　陆屿初被她压得轻哼一声，幽幽一句："一辆卡车……"

　　话还没说完，顾盼斜眼过去，原本慌忙起身的动作也停下，反而重重地往下压了一下，右手威胁地搂上他的脖子。

　　陆屿初继续说："一辆卡车从眼前开过，吹气，一片羽毛轻轻地落在我的腿上……"

"噗——"正好在喝酒的达霖没忍住笑，差点喷出来，识趣地将手里的杯子推远了点，抬头就看到对面刀子般的眼神，畏惧地向骆淼靠了靠。

"出息……"骆淼嫌弃极了。

四个人只小聚片刻就分开。

顾盼在系安全带的时候突然问道："你说，我不在的这几年，你交过几个女朋友？"

陆屿初关车门的手一顿："就你一个……"

"不可能！"顾盼瞪眼。

陆屿初深深地觉得自己的尊严被挑衅，眯着眼凑近顾盼，认真地问："为什么不可能？"

顾盼有种被威胁的感觉，支支吾吾道："你……你情话说得那么溜，谁知道，谁知道是在哪个女朋友身上实践出来的……"说到后来，声音越来越低，头也低了下去。

身边一直悄无声息，半晌才感觉到一双手慢慢地摸上她的发顶。

"傻东西。"陆屿初叹了口气，有种真拿你没办法的情绪，"这些年，我把想对你说的话都攒在脑海里，演练了上千遍，就等你回来，全部说给你听。"

顾盼抬起头，正想问"你怎么知道我会回来"时，想起达霖刚才趁陆屿初去洗手间告诉自己的事情——

"这几年陆屿初几乎跑遍了全国各地，拜托所有能查到消息的朋友找人，那天要不是我及时给他打电话，他已经在飞美国的飞机上了……"

　　说没有触动是假的，顾盼抬眼，望向陆屿初，他的眼睛里好像压抑着很多东西。

　　"你就不怕我不回来了吗？"

　　自从他们重逢后，两个人默契地对过去绝口不提，这是顾盼和他第一次面对面问出这个问题。

　　"怕，所以我一直在找你。"他微微垂了垂眼眸，"最失望的时候我想过要放弃，但是每当升起这个念头，我就会想，万一你就在下一个地方呢？都找了这么久了，现在放弃是不是有点蠢。而且你那么小气，如果知道我没有找你，如果知道我中间开小差，那你肯定要跟我闹……"说着说着，陆屿初就笑了出来，就好像随着他的描述，那幅画面就真的浮现在眼前。

　　"你知道吗？你走了以后，我这里一直很难受。"陆屿初抬眼望着顾盼，右手按在胸口偏左的位置，"这里骗不了人，它比人诚实，它永远学不会勉为其难。我一想到你不在我身边，它就会提醒我。"

　　顾盼模糊了眼睛，看着他，好像是印象里第一次看到这样脆弱的陆屿初，手指不由自主地摸向他的眼角。

　　陆屿初将她的手按在脸上，像是在呢喃："还好你知道回家，我的初恋情人。"

　　顾盼不解地望向他。

　　陆屿初勾了勾嘴角，却不解释，只是说："你要相信，你一直是我独一无二的初恋情人。"

　　顾盼望着他璨若星辰的眼眸，脸没有预兆地就红了起来，着魔般地重重点了点头，心里稀里糊涂就冒出一个想法：你长得好看，你说的都对！

陆屿初把她抱在怀里，满意地摸摸她的发顶，终于笑了。

关于初恋这个问题，陆屿初问过自己，什么是初恋？

在又一个月朗星疏的夜晚，他再一次想起顾盼，他得出了结论。

初恋就是你在身边的秋天里，我捡起落在你肩膀上的银杏，夹在书里。

未来的春天偶然翻开，沿着叶片上清晰的脉络，立刻就能勾起所有细节。我在秋天窖藏回忆的郑重，酝酿整个冬季的绵长，终于在初春散发出绵醇香气，才相信，时间带不走时间。

就好像，我从来不曾等候你，你一直在我身边，在我的脑海里反复放映。

而我对你的想念，缠绵在你的一啜一饮、一呼一吸之间。

初恋——就是你啊，顾盼。

图书在版编目(CIP)数据

因为是你才喜欢 / 南风北至著. —— 上海：上海文
化出版社, 2018.11（2021.6重印）
ISBN 978-7-5535-1414-7

Ⅰ.①因… Ⅱ.①南… Ⅲ.①长篇小说–中国–当代 Ⅳ.①I247.5

中国版本图书馆CIP数据核字(2018)第236000号

责任编辑　詹明瑜
特约编辑　笙　歌
装帧设计　刘　艳　孙欣瑞
特约绘制　小石头
印务监制　周仲智
责任校对　周　萍

因为是你才喜欢

南风北至　著

出　　版　上海文化出版社
出　　品　上海故事会文化传媒有限公司
　　　　　　（200020 上海市绍兴路74号　www.storychina.cn）
发　　行　上海文艺出版社发行中心
　　　　　　（上海市绍兴路50号）
印　　刷　北京时尚印佳彩色印刷有限公司
开　　本　880×1230　1/32　印　张　9.125
版　　次　2018年12月第1版　印　次　2018年12月第1次印刷　2021年6月第2次印刷
书　　号　ISBN 978-7-5535-1414-7/L.530
定　　价　45.80元

上海故事会文化传媒有限公司　出品（00820）www.storychina.cn